さあ——『婚礼の儀』を始めましょう」

# 3

# 王様のプロポーズ

## 瑠璃の騎士

「もっと素直に……自分を解放するんだ……」
「ア……、ア……ッ……」
「ややこしくなるのでお控えください」
不夜城瑠璃
ふやじょうるり
――彩禍と兄である無色を
偏愛する魔術師。

久遠崎彩禍
くおざきさいか
――世界滅亡の危機を何度も
救ってきた最強の魔女。
烏丸黒衣
からすまくろえ
――大きな秘密を抱える
彩禍の従者。

「じゃあ、証拠を見せてもらえるかしら」

不夜城青緒
ふやじょうあお
──不夜城家当主にして、
魔術師養成機関〈虚の方舟〉の学園長。

「瑠璃は、兄しゃまを……
愛して……いまふ……」
「どうか俺と瑠璃を結婚させてください！」
玖珂無色
くがむしき
——瑠璃の兄にして、
彩禍の身体と力を引き継いだ少年。

「――我慢比べといこうじゃない。
どっちが執念深いか、教えてあげる」

「私はもう心に決めた人が――」



CONTENTS

King Propose 3
lapis lazuli colors knight

# 王様のプロポーズ3
## 瑠璃の騎士

橘 公司

ファンタジア文庫

3235

口絵・本文イラスト　つなこ

# 王様のプロポーズ
## 瑠璃の騎士

病めるときも、苦しいときも。
悲しみのときも、嘆きのときも。
貧しいときも、絶望のときも。
いつも兄様がいてくれた。

——だから今度は、私が守る。

King Propose 3
lapis lazuli colors knight

# 序章　遠き日の　決意今でも　その胸に

人生は選択の連続であり、時は不可逆なものである。

不夜城瑠璃（ふやじょうるり）の人生を決定づけた瞬間があるとするならば、それはきっとあの日のことに違いなかった。

七年前のあの日。幼い瑠璃は、不夜城本家の邸宅で、当主の前に正座していた。

後方には母が、周囲には、仮面を着けた少女たちが居並んでいる。

なんとも奇妙な空間。けれど瑠璃は、それを不思議がるでも気味悪がるでもなく、まっすぐ部屋の最奥（さいおう）を見据えていた。

理由はただ一つ。――決意の炎が、瑠璃の胸に燃えていたからだ。

「本気で言っているの？」

部屋の上段に設（しつら）えられた御簾（みす）の向こうから、静かな声が響いてくる。

「――はい」

瑠璃は御簾の奥の影を真（ま）っ直（す）ぐ見据えながら、落ち着き払った声で答えた。

「私は、魔術師になります。誰にも負けないくらい強い魔術師に。どんな滅亡因子も倒せるくらい、強い魔術師に」

瑠璃の言葉に、周囲の少女たちから微かな笑い声が響いた。

──まあ、無理もない。第一顕現さえもろくに発現できない子供がそんなことを嘯いたのだ。彼女らの反応も当然のものではあった。

「静かになさい」

しかし、御簾の奥から響いた声に、少女たちは一斉に口を噤んだ。

「瑠璃、魔術師の強さとは心の強さよ。──あなたに、本当にその覚悟がある？」

「はい」

瑠璃は、微塵の逡巡もなくそう答えると、続けた。

「世界に仇なすものがいるならば、私が全て倒します。だから──」

それができるくらいに、強くなってみせます。

瑠璃は、きゅっと拳を握った。

「──兄様だけは、普通の人間でいさせてください」

# 第一章　宗家より　文が来たりて　騎士猛る

——世界が、五色に染まっている。

虚空から真横に向かって生えた摩天楼の縁に腰掛けながら、玖珂無色は目の前に広がる幻想的な光景を眺めていた。

なんとも奇妙な眺望だ。果てさえ知れないほどに広大な空間が、ホールケーキを切り分けるかのように五分割され、それぞれにまったく別の景色が広がっている。まるで様々な柄が描かれた絵葉書を、気分の赴くままに切り貼りしたかのような風情だった。

到底現実のものとは思えない光景。実際、以前の無色がこの景色を目にしたとしても、夢か幻と思うに違いない。

だが、それも当然のことなのかもしれなかった。

何しろ今ここに集っていたのは——

世界でも最高峰に位置する魔術師たちだったのだから。

「――改めて、今回の事件の概要を説明いたします」

五色の世界に、澄んだ声が響く。

不思議なことにその声は、広大に過ぎる空間の隅々にまで行き渡った。

「〈影(かげ)の楼閣(ろうかく)〉所属の魔術師・鴇嶋喰良(ときしまくらら)が、先日〈空隙(くうげき)の庭園(ていえん)〉にて行われた魔術交流戦において、複数の眷族(けんぞく)を率いて蜂起しました。

目的は、〈庭園〉図書館地下に封印されていた神話級滅亡因子(マイソロジア)〈ウロボロス〉の心臓。及び他の身体(からだ)が封印された施設の情報。彼女はそれらを奪取し、逃亡しました。現在捜索中ですが、その行方はわかっていません」

声の主は、黒髪黒目の少女であった。涼しげな目元に、感情を表さない口元。全身をモノトーンの侍従服で覆っている。

名を烏丸黒衣(からすまくろえ)。〈庭園〉学園長付きの侍従である。

今は無色の後方――すなわち、横向きに聳(そび)えた高層ビルの窓の上に、背筋をピンと伸ばして直立していた。

「なるほどな――」

黒衣の言葉に応ずるように発されたのは、低い男の声だった。

するとそれに合わせて、無色の右手側に広がる景色が、脈動するように微(かす)かに揺れる。

そこに広がっていたのは、赤い月の光に照らされた、見るもおどろおどろしい空間であった。連なった枯木。痩せた大地。その中にあって、尖塔(せんとう)を束ねたかのような洋館だけが、妖しい輝きを放っている。

そこに設(しつら)えられた椅子の上に、長身の男が腰掛けていた。

年の頃は——魔術師にとって外見年齢など何の当てにもならないが——四〇代半ばといったところだろう。丸い色眼鏡(サングラス)で双眸(そうぼう)を、長い外套(がいとう)でその全身を覆っている。

相当の距離があるにもかかわらず、声のみならずその姿も、はっきりと見取ることができた。

紅蓮堂永宗(ぐれんどうえいしゅう)。魔術師養成機関〈灰燼(かいじん)の霊峰(れいほう)〉の学園長だ。

「〈ウロボロス〉。よもや封印された神話級滅亡因子が復活しようとは。しかも人間の魔術師と融合を果たして、ときたものだ。——その鴇嶋喰良とやらの写真はあるのか?」

「はい」

黒衣が短く答え、巨大なタブレットの画面をスワイプするかのように右手を動かす。

すると空間の中心に、巨大な少女の姿が投映された。

派手な装(よそお)いをした少女である。ピンク色の髪に、じゃらじゃらと群れを成したピアスやイヤーカフ。ついでに、まるで自撮りでもするかのようにポーズを取り、ウインクをしている。

　正直なところ、この場の雰囲気には、あまり似つかわしくない様相だった。

「……もっと他になかったのか？」

「ないことはありませんが」

　苦言を呈するような紅蓮堂の言葉を受けて、黒衣はまたも手を動かした。

　すると、空間中央に映し出されていた巨大な画像が、別のものに変化していく。

　変梃（へんてこ）な着ぐるみを着た喰良。

　メイドのコスプレをした喰良。

　服をスライムに溶かされ、モザイク寸前の喰良――

「もういい」

　結局、最初のものが一番大人しかった。諦めるように紅蓮堂が息を吐く。

「他に特記事項は？」

「はい。彼女の術式【上々綺羅星（インフルエンスター）】は、『知名度』を魔力に変換する――との話です。つまり、彼女のことを知る者、彼女のことを意識する者が多ければ多いほど、その力は増していくということになります」

「厄介なことだ。こちらの警戒心さえ餌にすると？」

「そういうことです。もっとも――」

言いながら、黒衣が手を動かす。

立体画像に代わって、とある映像が表示された。

『――やっぴー！　クララちゃんねるの時間っすー！　クラメートのみんなー、今日もクラクラしちゃってるー？

うんじゃ今日はね、ちょっと実験してみちゃおうと思うっす。

題して、「不死者ってホントに死なないのー？」』

などと。

渦中の魔術師・鴇嶋喰良が、軽快な語り口と大仰な身振りで以て語りかけてくる。

それを見て、紅蓮堂は訝しげに眉をひそめた。

「……これは？」

「つい数時間前、魔術師専用動画サイト『MagiTube』にアップされた動画です」

黒衣が目を伏せながら言う。

そう。こともあろうに喰良は、自らの正体を明かし、〈庭園〉で大立ち回りを演じたあとも、動画の投稿を続けていたのである。

「無論運営会社に要請し、アカウントは停止してもらっていますが、新しく取得したアカウント、もしくは眷族のアカウントを使ってゲリラ的に動画を投稿している模様です。いたちごっこというやつですね」

　黒衣の言葉に、紅蓮堂が頭痛を覚えるように額に手を当てた。

「……この巫山戯た女が、神話級滅亡因子だと？」

『——見た目デ判断スルのはよクない』

　紅蓮堂の言葉に返すように発されたのは、抑揚のない電子音声のような声だった。

　その主の正体はすぐに知れた。——紅蓮堂のときのように、無色の左手側の景色が、微かに脈動したからだ。

　そこに広がっていたのは、ドットで描かれたゲーム画面のような空間だった。解像度の粗い風景がぺかぺかと明滅しており、その中心に、猫背の男が両膝を立てながら座っている。

　どこか陰鬱そうな目に、痩せた手足。革製と思しきマスクで、血色の悪い顔の下半分を覆っていた。

　魔術師養成機関〈黄昏の街衢〉学園長・志黄守吠人。見目こそ年若いが、彼もまた紅蓮堂と同じく、この会議に招聘された魔術師の一人であった。

『この少女が〈ウロボロス〉とノ融合体でアり、一〇〇名以上の魔術師ヲ不死者と化シテ

〈庭園〉を襲ッタ。ソレが事実なら、それだケでいイ。余計ナ先入観は判断を狂ワせる』

「言われなくともわかっている。相手が誰であろうと、油断をするつもりはない」

紅蓮堂が少し苛立(いらだ)たしげに返す。

しかし志黄守は、さして気にしてもいないように続けた。

『見た目だケで判断シたら、君はたダの胡散臭(うさんくさ)い中年男ダ』

「相変わらず一言多いなおまえは」

『なンのキャラ付けか知らなイけど、丸サングラスはやりスぎじゃないカな』

「しばらく合わんうちに二言多くなったな！」

紅蓮堂がたまらずといった調子で大声を上げる。よく見ると、少し恥ずかしかったのか、頬が赤くなっていた。

すると、そんなやりとりを見てか、今度は無色から見て右奥の景色が微かに蠢動(しゅんどう)する。

豪壮な和風建築の内装を思わせる風景。幾重にも連なるように設えられていた襖(ふすま)が順に開いていき、その最奥(さいおう)に位置する御簾(みす)が露(あら)わとなった。

それ越しに、脇息(きょうそく)にもたれかかるような姿勢を取った人物の影がうっすらと見える。

「――なんでもいいけれど――」

御簾の奥から響いたのは、女の声だった。

──不夜城青緒。魔術師養成機関〈虚の方舟〉の学園長である。

「まずは、責任の所在をはっきりさせておきたいところだわ。──ねぇ、竜胆さん」

「…………っ」

青緒の言葉に、この空間にいた最後の一人が、ビクッと肩を震わせた。

年の頃一三、四の少女である。一つに結わえた髪に、精悍な顔立ち。意志の強さを感じさせるかのようなはっきりとした眉は、今険しく歪められている。

その少女の存在は、この空間の中において、極めて異質なものだった。

理由は単純なもので──この場に座した面々の中で彼女のみが、魔術師養成機関の長ではなかったからである。

それを示すように、彼女の周りの風景だけは、白を基調とした会議室のような様相であった。広い空間の中、椅子が一脚、ぽつねんと置かれている。

少女の名は紫苑寺竜胆。〈影の楼閣〉に所属する学生魔術師だ。

学生である竜胆がこの場に招聘された理由は、大きく分けて二つ。

一つは、彼女が〈楼閣〉学園長・紫苑寺暁星の直系の玄孫に当たるため。

そしてもう一つは──先の事件の際、〈楼閣〉の中枢にいる魔術師の多くが、喰良の手によって不死者と化してしまっていたからだった。

「彩禍さんが鴇嶋喰良を取り逃したのは事実……でもそれは、不死性頼みの敗走だったわけでしょう？　〈庭園〉は、突然一〇〇名を超える敵に襲われながらも、それを退けてみせた。その手腕は賞賛されこそすれ、糾弾されるべきものではないでしょう」

　青緒が、竜胆の顔を覗き込むような仕草をしながら続ける。

「――それで？　〈楼閣〉は一体何をしていたのかしら？　学園長を含む一〇〇名以上もの魔術師を〈ウロボロス〉の眷族と化されていながら、誰も異常に気づかなかったの？」

「そ、それは……」

　刺々しい青緒の言葉に、竜胆が口ごもる。

　しかし青緒は、矛を収めようとする様子もなく、続けた。

「ねぇ竜胆さん。教えてくれないかしら。あなたのおじいさまは、一体いつから、薄汚い不死者に堕ちていたの？　それとも、この期に及んでそれすらもわかっていないの？　まったく――紫苑寺翁にも困ったものだわ。無能なだけならばまだしも、滅亡因子の手先となって人類に弓を引くだなんて。大人しく死んでいてくれた方が幾分かましだったわね」

「…………っ――」

その言葉に、恥じ入るように顔を俯かせていた竜胆が、キッと視線を鋭くしながら顔を上げた。

「此度の件……〈影の楼閣〉代表代行としてまこと申し訳なく――慚愧の念に堪えません。如何な批判も、糾弾も、私がお受けいたしましょう。

ですが――我が高祖父への侮辱だけは、どうかお取り消しいただきたい……！」

静かな怒りを込めて、竜胆が声を発する。

その手は微かに震え、顔には冷や汗が滲んでいた。――無理もない。当然憤りもあるだろうが、相手は仮にも魔術師養成機関の長。学生が意見をするには強大すぎる相手である。緊張と恐れが肺腑を満たすのは当然だ。

だが青緒は、そんな竜胆の覚悟を一笑に付すかのように、手にしていた扇子をひらひらと振った。御簾越しに影が揺らめく。

「侮辱？　不思議なことを言うわね。〈楼閣〉では事実を述べることが侮辱になるの？　では何と言えばいいかしら。紫苑寺暁星は学園長でありながら、一生徒の奇襲にも気づけなかった愚か者です？　ああ――それとも、鴇嶋喰良に対して何か下心でもあったのかしら。とうに枯れていると思ったけれど、あの人もお盛んねぇ」

「……っ！」

もはや我慢ならないといった様子で、竜胆が椅子を後方へ倒しながら勢いよく立ち上がる。

そして竜胆はそのまま腰を深く落とすと、その手と肩に、光り輝く紋様を二画、出現させた。

――界紋。現代魔術師が顕現術式を使用する際に現れる紋様である。

「第二顕現――【隕鉄一文字】……ッ！」

その名を唱えると同時、彼女の腰に無骨な太刀が顕現する。

第二顕現。魔力を物質と化す顕現術式の二。

つまり竜胆は、青緒に対して臨戦態勢を取ったのである。

「……あら？」

その様に、さすがの青緒も語調を変える。

「何のつもりかしら。たとえ『ここ』でとはいえ、人に武器を向けるのは冗談では済まないわよ。それとも、あなたも既に〈ウロボロス〉に取り込まれていたのかしら？　血は争えないわね」

「それ以上――吐かすなぁっ！」

怒声とともに、竜胆が地面を蹴る。

恐らく何らかの術式を用いているのだろう。弾丸の如き速度で、彼女の身体が一直線に青緒へと迫る。

「ふぅん――」

しかし青緒は慌てた様子さえ見せず、扇子を揺らめかせた。

するとその動作に合わせて、御簾の前に、巨大な鳥のような形をした青い鬼火が姿を現す。

迫る竜胆。迎え撃つ青緒。数瞬と待たず、二人の顕現体は激突するはずであった。

が――

「彩禍様」

「――ん」

黒衣の声に合わせて無色が手を翻した、次の瞬間。

竜胆と青緒、二人の間を隔てるように――

摩天楼が、空から真っ逆さまに落ちてきた。

「ひ……っ⁉」

「あら――」

巨大な建造物は、竜胆の鼻先を掠めるようにして地面に突き刺さると、世界の境界を滅茶苦茶に破砕し、やがて空気に溶けるように消えていった。

「――落ち着きたまえ、二人とも」

無色は、二人を宥めるように言った。明らかに男のものではない声が、無色の喉から発される。

しかし、それもそのはず。

無色は今――無色ではなかったのだから。

額に肩に煙る、煌めくような長い髪。

あらゆる要素が黄金比で構成されているかのような、端整な面。

そしてその直中に鎮座する、幻想的な極彩の双眸。

そう。そこにあったのは、男子高校生・玖珂無色ではなく、魔術師養成機関〈空隙の庭園〉を統べる魔女・久遠崎彩禍の姿だったのである。

「――竜胆」

「は……はいっ」

無色が名を呼ぶと、竜胆は声を裏返らせながら答えてきた。

「気持ちはわかるが、君が刃を向けるべきは彼女ではない。わたしの顔に免じて、剣を収めてはくれないかな」

「は——も、申し訳ありません……！」

竜胆は憑き物が落ちたかのように素直に頭を下げると、界紋と刀を消し去った。

無色はそれを見届けてから、青緒の方に目をやる。

「——青緒。君もだ。いくらなんでも言葉が過ぎる。竜胆に謝罪したまえ」

無色が言うと、青緒はあっけらかんとした調子でうなずいた。

「そうね。言い過ぎたわ。ごめんなさい」

「…………いえ」

竜胆は未だ腹に据えかねている様子だったが、今の己の行動が問題であることは理解できているようだった。苦々しい顔をしながらもそう返す。

一件落着——とは間違っても言えないが、とりあえず二人とも、気勢を収めてくれたようだ。

するとそれを見てか、紅蓮堂と志黄守がそれぞれ反応を示す。

「まったく、いい加減にしろ。魔術師同士で諍いを起こしてどうする」

『まア、いいジャない。「ココ」でなラ別に。僕はちょっト興味あルな。あノ不夜城青緒に、若イ魔術師がどう挑ムのか』

「おまえな——」

放っておいては、今度はこちらが口論を始めてしまいそうだった。無色は皆の注意を引くように、大仰に咳払い(せきばら)をしてみせた。

「それでは、具体的な対策を協議しよう。

——〈ウロボロス〉・鴇嶋喰良は、必ず討伐せねばならない。皆、力を貸してくれ」

それからおよそ六〇分ののち、学園長会議は終了した。

正直、何の話をしているのかわからない部分も多かったのだが、無色は努めて余裕ぶった表情を崩さないよう心がけた。回答に困ることがあれば、大仰にうなずきながら黒衣に話を振る。そう事前に取り決めていたのである。

〈庭園〉に所属してから日の浅い無色に、もとより完璧な対応などは求められていない。この場における無色の最大の責務とは、他校の学園長に彩禍の健在をアピールすることであったのだ。

「——さて、ではそんなところかな。よろしく頼むよ、諸君」

協議が終了したことを確認して、無色は皆を見渡しながら言った。

それは実質的な閉会宣言であった。学園長たちが了解を示すように各々(おのおの)反応を返す。

「ああ。では、先に失礼する。——次はもっと、平和的な用件でお目にかかりたいものだ」

言って、紅蓮堂が指を鳴らす。

するとそれに合わせるように、紅蓮堂の姿ごと、彼のいた赤い空間が霞(かすみ)の如く霧散していった。

あとには、簡素な会議室のような景色のみが残される。

『デハ、僕もコレで。細かいデータはアとで送ってオく』

次いで、微かなノイズ混じりの電子音声を響かせたのは志黄守だった。その言葉と同時、彼の身体がブロックノイズに飲まれていく。

やがて志黄守と、彼を包む空間もまた、先ほどの紅蓮堂のように綺麗(きれい)さっぱり消え失(う)せた。

「……お、おお……」

感嘆を漏らしながらその光景を眺めていた竜胆は、無色たちの視線に気づいてか、ハッと肩を震わせた。

「あの、では私も失礼いたします」

「ああ、わざわざ時間を割いていただき感謝するよ」

「いえ……こちらこそ、ご迷惑をおかけしました」

竜胆は恐縮するようにそう言うと、何やら紅蓮堂、志黄守両名がいた場所を交互に見たのち、おずおずと声を上げてきた。

「……す、すみません。普通に退出しても大丈夫ですか？」

「もちろん」

どこか不安そうに問うてくる竜胆に、首肯を以て返す。たぶん、二人の摩訶不思議な立ち去り方を見て、自分も何かせねばならないのかと思ったのだろう。

その様が妙に可愛らしくて、思わず頬が緩みそうになってしまうが——どうにか堪える。ここで笑ってしまったなら、彼女がさらに恥じ入ってしまうように思えたのである。

「では……」

竜胆は恐縮するように礼をすると、ぎこちない動作で後方へ歩いていった。

が、そこで何かを思い立ったように動作を止め、無色の方に顔を向けてくる。

「おじいさま——紫苑寺暁星は、生きているのですよね？」

「はい。殺そうと思っても殺せませんので」

答えたのは黒衣だった。聞きようによってはジョークか皮肉と捉えられてもおかしくはなかったが、彼女の口ぶりに冗談めかした調子は一切感じられなかったし——実際それは、純然たる事実であった。

その言葉に、竜胆が難しげに眉根を寄せる。

「無理を承知でお伺いしますが、面会をすることは――」

「用件にもよりますが、ただ顔を見たいだけならばあまりお勧めはしません。紫苑寺翁を尊敬しているのであれば尚更(なおさら)です」

「…………」

竜胆はギリと奥歯を嚙(か)み締めると、無色たちの方に向き直った。

「……及ばずながら、全力を尽くします。〈ウロボロス〉を――鴇嶋喰良を、倒しましょう」

そして、決意を新たにするようにそう言うと、最後に青緒を睨(にら)んだのち、無色に向かってもう一度深々と礼をして、その場をあとにした。竜胆の姿がふっと消える。

それを見てか、その場に残っていた最後の一人――不夜城青緒が、御簾(みす)の奥から声を響かせた。

「――若いわね」

扇子を揺らすようにしながら、続ける。

「不条理に対する瑞々(みずみず)しい怒り。久しく覚えていない感情だわ。いえ……正しく言うのなら、もう慣れてしまったのかも。少し彼女が羨ましいくらいよ」

「羨ましい――という物言いには聞こえなかったがね？」

無色が半眼を作りながら注意するように言うと、青緒は小さく肩をすくめた。

「別に、彼女に悪感情はないわ」

「本当かい？」

無色は眉を揺らしながら言った。悪感情もなくあそこまで言えるのは、ある意味才能としか思えない。

「ええ、もちろん」

青緒はそう言って小さく首肯すると、「ただ」と続けた。

「紫苑寺翁は別ね。侮蔑と嫌悪感(けんお)でいっぱいよ。仮にも学園を預かる身でありながら、滅亡因子の軍門に降(くだ)って人間を襲うなんて。殺しても殺し足りないくらい。――まあ、殺せないからこそ問題なのでしょうけれど」

「……、そう悪し様に言うものではないよ。神話級は、他の滅亡因子とは一線を画す。我々の常識の埒外(らちがい)にある存在だ。そのことは君も、身を以て知っているだろう？」

「…………」

無色の言葉に、青緒が一瞬口を噤(つぐ)む。

それは、事前に黒衣から聞いていた情報であった。――青緒はかつて、彩禍とともに神話級滅亡因子〈リヴァイアサン〉の討伐に携わった魔術師である、と。

「……だからこそよ。私たちは決して、滅亡因子に敗れてはならない。たとえ何があろうとも。たとえ何をしようとも。

奮戦に意味はなく、賞賛に価値はない。魔術師に敢闘賞は存在しない。私たちは常に結果を以て示さねばならない。――そうでしょう、彩禍さん」

「青緒……？」

青緒の声に深い憎悪の色を覚えて、無色は微かに眉根を寄せた。

「…………？」

すると、青緒の影が、何かに違和感を覚えるように小さく首を傾げてくる。

「――あなた、彩禍さんよね？」

「…………!?」

突然の言葉に、無色は心臓が跳ねるのを感じた。

――まさか、無色の正体を見破ったとでもいうのだろうか。

驚異的な集中力と偏執的な観察力で以て、可能な限り彩禍の所作や口調を再現している無色ではあるが、この世に完璧などというものは（彩禍の美貌以外）存在しない。何か無色の思いも寄らないところで違和感を感じ取ったのかもしれなかった。

御簾に覆い隠されて、彼女の表情は読み取れない。無色は縋(すが)るような心地で黒衣に視線を送った。

「………」

しかし黒衣は、表情一つ変えぬまま、二人のやりとりを見ているのみだった。

一瞬、観念したのかと思ったが——違う。

彼女は、『烏丸黒衣』ならばこうすると、身を以て示しているのだ。

それを見て、無色はフッと唇を歪(ゆが)めた。

「……しばらく会わない間に、諧謔(ユーモア)のセンスが増したと見える。それとも、見違えるほどにわたしが美しくなってしまったかな?」

「………」

すると青緒は、しばしのち、小さく息を吐いた。

「ごめんなさい。変なことを言ったわね」

「いや。気にすることはないさ」

内心の動揺を悟らせぬように無色が言うと、青緒は気を取り直すように続けた。

「改めてになるけど、久々に話せてよかったわ、彩禍さん。——こんな機会でもなければもっと歓迎できたのでしょうけれど」

「ああ――その通りだね。今度はお茶会にでも招待させてもらうとしよう。最高の紅茶に、カップケーキを添えて」

「ふふ、それは楽しみね。それが、〈ウロボロス〉を打ち倒したあとの祝杯であることを心から願うわ」

ところで、と青緒が話題を変えるように言う。

「――瑠璃(るり)は元気にやってる？　あの子、ろくに便りも出さないものだから」

突然発されたその名に、ぴくりと眉の端が動きそうになる。

それもそのはず。今話題に上った不夜城瑠璃という生徒は、無色の妹に当たる少女だったのである。

とはいえ、彼女との会話の中でその名が出るのは想定内の出来事であった。

何しろ、彼女の姓もまた、不夜城。

無色はまったく知らなかったが、無色の母方の実家に当たる不夜城家とは、魔術の世界では名門として知られた家らしい。

つまり、具体的な続柄まではよくわからなかったが、青緒は瑠璃の、そして無色の親戚筋に当たるということだった。

「ああ、心配いらない。毎日楽しそうにしているよ。——実力の方も申し分ない。魔術師等級もS級に達した。わたしもだいぶ楽をさせてもらっているさ」

「ふうん……そう」

無色の言葉に、青緒が意味深に喉を鳴らす。

「ならよかった。半ば無理矢理〈庭園〉に入ったようなものなのに、何の成果もないようじゃ困るもの」

青緒はそう言うと、感慨深げに顔を上にやった。

「ええ——間に合ってくれて本当によかったわ」

「うん？」

「なんでもないわ」

青緒が誤魔化すように扇子で口元を隠すような仕草を見せる。まあ、そんなことをせずともその顔は御簾で覆い隠されていたのだが。

「それじゃあ、私もそろそろ失礼するわね」

「ああ……またいずれ」

「ええ。……神話級滅亡因子の跋扈（ばっこ）を許すわけにはいかない。必ず討伐しましょう。——私も、全力を尽くすわ」

青緒は、最後にそう言い残すと、周囲の景色ごと、青い炎に灼かれるように消えていった。

──果たしてその場には、無色と黒衣のみが残される。

「……………はふぅ」

それを認識して数秒ののち、無色は緊張の糸が切れたように息を吐いた。

するとそれに合わせて、無色が腰掛けていた横向きの摩天楼が消え去り、周囲の景色が元のものに戻る。

二人がいたのは、殺風景な会議室であった。広さに対して並んでいるものが少ないためか、やけにがらんとして見える。

「お疲れ様です」

後方から黒衣が、労うような調子で言ってくる。無色は苦笑しながらそちらに目をやった。

「……大丈夫だったかな。最後少し、疑われたようだったけれど」

「不夜城学園長はだいたいいつもあの調子です。彩禍様がご健在の頃も、やたら意味深なことを言ったり、特に意味もなく鎌を掛けてきたりしていました」

「……なるほど」

無色は苦笑しながら、もう一度吐息した。

「にしても——なんとも心臓に悪いことだ」

言いながら、今し方目の前に広がっていた光景を思い起こして、右手を矯めつ眇めつ眺め回す。

五色に区分けされた空間。竜胆と青緒の諍い。そしてそれを止めた彩禍の摩天楼——無色の目から見れば、人死にが出ていてもおかしくない修羅場であった。未だ心拍が収まってくれない。

けれど黒衣は、至極落ち着いた様子で続けた。

「ご心配なく。先ほど説明しましたとおり、皆様方は実際にここにいらっしゃったわけではありませんので。問題であることは間違いないので止めていただきましたが、仮に刃傷沙汰になったところで、死にはしません」

そう。今し方無色の目の前に広がっていたのは、魔術を用いた投影体だったのである。

いわば、魔術師流のリモート会議というところだ。この部屋には、アクセスした者の魔力に応じて景色を変える術式が施されているらしい。

「だが、意識の一部をこちらに繋いでいる——という話ではなかったかな。強い刺激は身体にフィードバックを起こす、とも」

「死には、しません」

「……そうかい」

きっぱりとした黒衣の言葉に汗を滲ませる。

が、黒衣にとっては本当に大した話ではなかったのだろう。話題を変えるように「さて」と続ける。

「打てる手は限られているものの、方針は定まりました。今はわたしたちにできることをしましょう」

「できること――か」

「はい。さしあたっては、魔術修練です。――彩禍様の術式を使いこなすにも、無色さん自身の魔術を扱うためにも、レベルの底上げは急務です。仮に鴇嶋喰良が見つかったとして、まともに戦えないようではお話になりません」

言いながら、手元の時計に目をやる。

「幸い、会議が早めに終わってくれたため、時間には多少余裕があります。今から向かえば、一時間目の授業に間に合うかもしれません。急ぎ準備を行いましょう」

「準備？」

「何をとぼけていらっしゃるのですか。何度もやっているでしょう」

黒衣は半眼を作りながら言うと、そのまま無色の首に腕を回し、耳元に唇を近づけてきた。

「——それとも、わたしにリードされる方が好きなのかい？」

「…………っ！」

そして、そんな妖しげな口調で、耳をくすぐるように囁きかけてくる。突然のことに、無色は思わず息を詰まらせた。

それまでの侍従然とした彼女とはまるで異なる様子。こちらをからかうかのようなその調子は、無色が演ずる彩禍のそれを思わせた。

とはいえ、それもそのはず。

何しろこの黒衣こそが、本当の久遠崎彩禍だったのだから。

そう。本来この世に、『烏丸黒衣』という人間は存在しない。彼女は、彩禍の作り上げた、魂を持たぬ実験用の人造人間であったのだ。

今からおよそひと月前、とある事件で瀕死の重傷を負った彩禍は、意識が完全に消滅してしまう前に、己の魂を黒衣という義骸に移動させた。

つまりこの場には、『彩禍の身体と合体した無色』と、『黒衣の身体に宿った彩禍』が、並列に存在していたのである。

そして彼女の言う『準備』とは、無色の身体を、本来の状態に戻すことに他ならなかった。

無色の身体は今、常に魔力を発している状態にある。その量が急激に増えると、身体がそれを抑えようと、魔力量の少ないセーフモード――つまり無色の身体に存在変換されるのである。

そしてその方法というのが、『これ』だった。

魔力と精神は密接に結びついている。

つまり極度の興奮状態を作り出せば、魔力の放出量が増えてしまうのである。

「ふふ、いけない子だ。これは、お仕置きが必要かもしれないね――」

「あ、ああ……っ、そんな……」

と、無色と黒衣が、頬を染めながらそんなことをしていると。

「――あの、すみません。一つお伺いし忘れました。報告書にあった『玖珂無色』という生徒についてなのですが……」

不意に部屋の一部にザザッとノイズが走ったかと思うと、先ほどこの場をあとにした〈楼閣〉代表代行――紫苑寺竜胆が、おずおずと姿を現した。

「あっ」

「えっ」

「………ふぇっ⁉」

そして、無色と黒衣の姿を見てか、ボンッ！　と顔を真っ赤に染める。

「へ――あ、あの、す、すみません！　お、お邪魔いたしましたぁぁぁぁっ！」

竜胆は慌てた様子で何やら手をバタバタと動かすと、そのますっと姿を消してしまった。

「…………」

「…………」

部屋に残された無色たちは数瞬の間呆然としていたが――

「あっ……」

やがて無色の身体が淡い輝きを帯びたかと思うと、その姿が、中性的な容貌の男子高校生に変貌した。――玖珂無色本来の姿である。

存在変換が数秒早ければ、竜胆にその瞬間を目撃されていたやもしれない。まさに間一髪であった。

黒衣は目を細めながらそんな無色の様子を見ると、訝しげに言葉を発してきた。

「……もしかして、見られながらの方が好きなのかい？」

「誤解です！」

無色は、たまらず声を上げた。

東京都桜条市に存在する魔術師養成機関〈空隙の庭園〉は、大きく五つのエリアに分かれている。

研究棟などが数多く存在する東部エリア。

実習施設が密集する西部エリア。

寮や商業施設が存在する南部エリア。

彩禍の屋敷や私的施設が固まった北部エリア。

そして、中央学舎の存在する中央エリアだ。

北部エリアに位置する特別会議棟を出た無色と黒衣は、舗装された道を歩いて、中央エリアへと向かっていた。

中央エリアに近づくに従って段々と道幅が広くなり、鬱蒼と生い茂っていた木々に、様々な建造物の姿が混じっていく。普段であれば南部エリアの学生寮から中央学舎に向かうことが多いため、なかなかに新鮮な景色の変化ではあった。

とはいえ――見慣れぬ景色の原因は、そればかりではなかった。

「……やっぱり、まだ完全には直ってないんですね」

舗装路を歩きながら、玖珂無色本来の身体に戻った無色は、ぽつりと呟いた。

前方に見える道や施設の一部が崩れており、数名の作業員たちが修繕作業を行っていたのである。

恐らく、先の事件のときに破壊された跡だろう。

「そのようですね」

無色の言葉に、隣を歩く黒衣が返してくる。

その口調とテンションは完全にいつものクールな侍従のそれに戻っていた。無色としてはもっと自然に話してくれてもよかったのだが、万が一にも正体を知られるわけにはいかないということで、普段はこうして烏丸黒衣を演じているのだった。

「交流戦で施設が損傷するのはよくあることですが、今回はさすがに規模が大きかったため、時間がかかっているようです。――『シルベル』がいたならば、もう少し効率的に作業が進んだのかもしれませんが」

「ああ――」

その名に、無色は細く息を吐いた。

シルベル。〈庭園〉のセキュリティ制御及びデータ管理を一手に引き受けていた人工知能だ。

だが先の事件の際、〈楼閣〉の生徒たちと同様喰良の手に落ち、敵に回ってしまった。

要は、〈庭園〉の施設そのものが牙を剝いてきたようなものである。今さらながらよく生き残れたものだと背筋が寒くなる無色ではあった。

人工知能である以上、復旧は可能だと思うのだが……少なくとも事件から数日、姿を見ていない。

「まだ復旧されてないんですかね。少し寂しい気も——」

と、無色はそこで目を丸くした。

道の向こうから、見覚えのある人影が歩いてきたのである。

「……？　どうかされましたか、無色さん」

「いえ、あれって……」

無色はポカンとした調子で、前方を指さした。

そこにいたのは、年の頃一八ほどの、美しい少女であった。地面に触れるのではないかと思えるほどの長い長い銀髪と、服を突き破らんばかりの大きな胸を揺らしながら、ゆっくりとした歩調で歩いてくる。

間違いない。〈庭園〉管理AI・シルベルが、対人コミュニケーションをする際に用いる立体映像だ。

「…………、…………、…………」

シルベルは無色たちに気づいていない様子で、何やら小声でぶつぶつと呟きながら、そのまままっすぐ歩いてきた。

まあ、立体映像である以上、ぶつかることはないだろうが――

が。

「えっ？」

次の瞬間、無色は思わず声を上げた。

理由は単純。前方に伸ばしていた指が、シルベルの胸に、ぷに、と触れたのである。

「…………っ!?」

一拍遅れて、シルベルがビクッと身体を震わす。胸を通して、無色の指に微かな震動が伝わってきた。

「……わ、わわわわ……」

次いで、蚊の鳴くような声が聞こえてくる。無色は訝しげに眉根を寄せた。

「実体がある……？　いや、そんな。一体どういうことで――」

「無色さん。まずは手を下ろしてください」

「あっ」

黒衣に言われて気づく。シルベルの胸に触れていた手を慌てて下ろす。

「す、すみません」

無色が言うと、シルベルは、注意しないと聞き逃してしまいそうな声を返してきた。

「……い、いや……大丈夫……ふぇひ……っ、ちょっとびっくりしただけだから……むしろこっちこそ、粗末なものに触らせてごめんなさい……少し考えごとしてて……」

言って、額に汗を滲ませながら、引きつったような笑みを浮かべる。

一瞬、無色の無礼な振る舞いに怒っているのかとも思ったが……どうやら違うようだ。どちらかというと、単に笑い慣れていないといった方が適当なように思えた。

そこで、ようやく気づく。そこに立っていたのが、無色の知るシルベルではないことに。

いや、顔立ちや背格好はシルベルそのものなのだ。ただ、着ている衣服や表情、その身に帯びた雰囲気があまりに違い過ぎていたのである。

ＡＩ・シルベルは、白の法衣を身に纏い、常にたおやかな笑みを浮かべた、聖女の如きみんなのお姉ちゃん（自称）だった。

対して今無色の目の前にいる少女は、顔の造作こそシルベルと同じであるものの、身に

纏っているのは極端に露出度が少なく、代わりにフリルの量が多い、ゴシックロリータ調のドレスであった。極端な猫背で前髪が長く、角度によっては顔が半分見えない。ついでに視力もあまりよくないのか、縁の細い眼鏡で目元を覆っていた。手には日傘を持っており、日光を嫌うかのように肩をすぼめている。

シルベルが陽なら彼女は陰。まるで対極に位置するかのようなオーラを纏っていた。

と、無色が混乱していると、黒衣が説明をするように声を発してきた。

「――無色さん。よく似ていますが、彼女は管理ＡＩのシルベルではありません」

「あ……はい。そうみたいですね。でも、それなら――」

無色が少女を見ながら言うと、その意図を察したように、黒衣が続けてくる。

「――彼女は騎士ヒルデガルド・シルベル。管理ＡＩ・シルベルの生みの親にして、〈庭園〉技術部長。そして〈騎士団〉の一人です」

「……！　シルベルの……生みの親……⁉　それに騎士って――」

無色が目を丸くしながら言うと、ヒルデガルドはビクッと肩を震わせた。

が、そののち。

「うぇ、うぇひひ……」

と、誤魔化すようにぎこちなく笑う。

やはり人前で笑い慣れていない感がすごかった。

「……あの、黒衣。この人が騎士って本当ですか？」

無色はヒルデガルドに聞こえないくらいの声で、黒衣に囁きかけた。

――〈騎士団〉とは、彩禍直轄の特務部隊。〈庭園〉最強の魔術師集団だ。

こう言ってしまっては失礼かもしれないが、無色の知る〈騎士団〉の面々とは、やや趣が異なる気がしたのである。

すると黒衣は、無色の意を察したように返してきた。

「――〈騎士団〉に任命されるために必要なのは、魔術師等級と実績、そして彩禍様のフィーリングです。必ずしも実戦能力のみで決まるわけではありません。――それに、〈庭園〉のセキュリティを一手に担うＡＩの開発者という意味では、〈騎士団〉の中で、もっとも頻繁に生徒たちを護っているとも言えます」

「なるほど――」

無色は己の浅慮を恥じるとともに、彩禍の慧眼を改めて思い知った。自然と滲みそうになる涙を堪えるように、ふっと目を伏せる。

「え、ええと……どうしたの……？」

と、そんな無色を不思議に思ったのか、ヒルデガルドが首を傾げてくる。

「あ、いえ」

まさか本人に伝えられるはずもない。無色は誤魔化すように、前々から気になっていた問いを発した。

「あの、そういえばシルベルって、なんで自分のことを『お姉ちゃん』って呼ばせたがるんですか？」

それは、言葉を濁すための質問ではあったのだけれど、以前からの疑問でもあった。

何しろ件のＡＩシルベル、強烈に過ぎる姉願望を抱えており、生徒どころか教師にまで自分のことを『お姉ちゃん』と呼ばせていたのである。ちなみに呼ばないと質問にも応じてくれないし、何ならちょっと拗ねる。管理ＡＩとしては少々問題であった。

「…………！」

無色が言うと、ヒルデガルドは身体を大きく震わせた。

「し、しらない……」

「えっ、でも、あなたが作ったんじゃ……姿もそっくりですし……」

無色の言葉に、ヒルデガルドが「うっ……」と顔を歪ませる。

「それもしらない……自己学習プログラムを組み込んだら、いつの間にかああなってて……全人類のお姉ちゃんってなに……？　ぜんぜんわかんない……。それに……対人コミユニケーション用に立体映像作るのはいいけど、なんでモデルが私なの……？　恥ずかしいからやめてほしい……」

「無色さん」

ヒルデガルドの目に涙が滲むのを見てか、黒衣が声を上げてきた。

「あまり彼女を困らせないでください。能力は高いのですが、極めて繊細な方なので」

「あ……す、すみません……」

無色が詫(わ)びると、ヒルデガルドは「だ、大丈夫……」と、あまり大丈夫ではなさそうに返してきた。

黒衣が、話題を変えるようにこほんと咳払(せきばら)いをする。

「──しかし、珍しいですね。騎士ヒルデガルドがこんな朝早くから外出しているとは」

「……あ、えっと、その、シルベルの……復旧に……」

黒衣の問いに、ヒルデガルドが辿々(たどたど)しく答える。言葉の後半はよく聞き取れなかったが、要はシルベルの復旧のためどこかへ向かっている途中らしいことは何となくわかった。

「やはり、まだ時間がかかりそうですか？」

「あ……う、うん……」

黒衣の言葉に、ヒルデガルドは小さくうなずいてから答えてきた。

「……〈ウロボロス〉……だったよね……神話級滅亡因子の。……シルベルの中枢には、いくつか生体部品を使ってるから……その部分が〈ウロボロス〉の力で不死者化しちゃったんだと思う。完全に元通りっていうのは……ほぼ不可能……外部バックアップを元に再構築していくしか……その間のセキュリティは従来AIと人力で……」

と、つらつらと説明を述べていく。

声が小さい上にやたらと早口でよく聞き取れなかったが、シルベルの復旧にまだ時間がかかるということはわかった。そして、恐らく復旧したとして、無色たちの知るシルベルと、完全に同一の存在ではないということも。

「そう……ですか」

無色が沈んだ調子で言うと、ヒルデガルドが小さく肩を震わせた。

「な、なに……？」

「いえ……もうあのシルベルと話せないのは、寂しいと思いまして。短い間でしたけど、いろいろ世話を焼いてもらったもので……」

「………」

無色の言葉に、ヒルデガルドは一瞬驚くように目を丸くした。

と——そのとき。それに合わせるかのようなタイミングで、中央学舎の方からチャイムの音が響いてくる。思いの外時間を取ってしまったようだ。

「おや、もうこんな時間ですか。騎士ヒルデガルド、わたしたちは授業ですので、お先に失礼します。——急ぎましょう、無色さん」

「あ——はい。じゃあ、失礼します。ぶつかってしまってすみませんでした」

「え……あ……うん……」

と、無色と黒衣がその場を去ろうとすると、ヒルデガルドが呼び止めるように声をかけてきた。

「ちょ、ちょっと待って……」

「……？　はい、なんでしょう」

無色が足を止めると、ヒルデガルドは辿々しく続けてきた。

「えっと……一部に生体部品を使ってるって言ったけど……シルベルがＡＩなことに変わりはないから……造りが人間とは根本的に違うっていうか……外部バックアップっていっても、記憶領域が複数あるっていうだけだから……」

「え？」

ヒルデガルドが何を言っているのかわからず、首を傾げる。すると彼女は、「う、うう……」と黙り込んでしまった。

代わりに、補足するように黒衣が続けてくる。

「──要は、完全に元通りは難しいとは言ったが、復旧したシルベルがまったくの別人になるというわけではないから安心してほしい──ということでしょう」

「……う、うん」

黒衣の言葉に、ヒルデガルドがうなずく。

「へ、変なAIではあるけど……やっぱり、私の可愛い子供だから……。仲良くしてくれて、ありがとう……」

「いえ、そんな。こちらこそ、ありがとうございます」

「や……えと……ふぇひひ……」

無色が礼を言うと、ヒルデガルドはやはりぎこちなく、しかし少し嬉しそうに笑った。

◇

魔術師養成機関とはいえ、教師と生徒が存在し、知識の教授が行われる以上、授業の形態は『外』の学校とさほど変わらない。

そしてそれは、時間割についても例外ではなかった。朝のホームルームから始まり、一時間目から四時間目までが午前に、昼休みを挟んで五、六時間目の授業が行われる。

つまり何が言いたいかというと——

始業チャイムを校舎外で聞いた無色と黒衣は、完全な遅刻ということだった。

「あ、玖珂くん、烏丸さん。おはよう」

無色と黒衣が教室に入ると、それに気づいた女子生徒がそんな声をかけてきた。綺麗に結われたふわふわの髪に、優しげな相貌。クラスメートの嘆川緋純である。

「おはよう、嘆川さん」

「おはようございます」

小さく手を上げながら返す。

見たところ、今教室にいるのは生徒のみだった。皆友人と喋ったり、授業の準備を整えたりしている。どうやら朝のホームルームと一時間目の授業の合間に滑り込めたらしい。出欠確認に間に合わなかったのは残念だが、授業中に突入ということにならなかったのは僥倖かもしれなかった。

「——遅いわよ、二人とも」

と、緋純とは対照的に、少し険のある調子で声をかけてきたのは、長い髪を二つ結びにした、勝ち気そうな顔立ちの少女だった。

不夜城瑠璃。青緒との会話の際にも話題に上った、無色の妹である。

「たるんでるわね。少し魔術師としての自覚が足りないんじゃないの？

――って、そもそも私は無色が魔術師だなんて認めてないけどね⁉」

などと、慌てるように付け足してくる。無色がこの〈庭園〉に編入してからもう一ヶ月以上は経つが、瑠璃は未だに無色に魔術師を辞めさせようとしているのだった。

その件について取り合うと話がこじれそうである。無色は苦笑しながら、意図的にその話題を避けて言葉を返した。

「ああ、ごめん瑠璃。ちょっと用事があってさ」

「用事？　何よ一体」

「ええと……まあ、いろいろと」

まさか、彩禍となって学園長会議に出席していたなどと言うわけにもいかない。黒衣の方をちらと見ながら、曖昧に誤魔化す。

すると瑠璃はそんな無色の様子に不思議そうな顔を作り――やがて何かに気づいたように、ハッと肩を震わせた。

「そ、そういえばなんで黒衣と一緒に登校してきたのよ！　一体二人で何してたわけ⁉」

そして、頬を赤く染めながら指を突きつけてくる。

予想外の勘違いに、無色は目を見開いた。

「い、いやいや、何もしてないって！」

「……本当？」

「本当だよ！」

「……後ろから抱きしめられて耳元で妖しく囁かれたりしてない？」

「…………………シテナイヨ」

まるで先ほどの光景を見ていたかのようなピンポイントな指摘に、無色は思わず目を逸らした。

瑠璃の様子から見て完全に偶然だと思うのだが……ただひたすらに勘が良すぎた。

「なんで片言なの!?　ていうかこっち見なさいよ！」

「い、いや……本当にそういうんじゃないって！　ですよね、黒衣!?」

瑠璃に肩を摑まれ、ガクガクと揺すられながら、助けを求めるように再度黒衣の方に目をやる。

すると黒衣は、普段絶対にしないような可愛らしい仕草をしながら、恥ずかしそうに視線を逸らしてみせた。

「はい……で、いいんですよね、無色さん」

「むぅぅぅうしぃぃぃぃきぃぃぃぃぃ――――ッ!?」

「え……えぇっ⁉」

黒衣の反応に、瑠璃の目がギラリと輝く。

——そうだった。普段は冷静沈着なクールメイドを演じている彩禍ではあるけれど、実はちょっぴりこういう悪戯好きなところがあったのだった。かわいい。

が、今の無色に、その茶目っ気を堪能できる余裕はなかった。勢いを増した瑠璃が、さらに情熱的に捲し立ててくる。

「どういうことよ無色っ！　一体朝から何をしてたっていうの⁉　——えっ⁉　もしかして昨日の夜から⁉　二人して寝不足で遅刻しちゃったってこと⁉　うわぁぁぁぁぁぁぁんっ！　兄様の馬鹿ぁぁぁぁぁっ！　大きくなったら私と結婚してくれるって言ってたのにぃぃぃぃぃぃっ！」

「お、落ち着いて瑠璃ちゃん……！　っていうか最後の発言、しちゃってよかったやつ⁉」

「……へっ？」

緋純に言われ、瑠璃が手を止める。

そして自分の発言を反芻するように視線を巡らせ——やがて、ボンッ！　と顔を赤くした。

「………無色、今の聞こえてた？」

「え？　結婚のくだり？　まあうん、子供ってそういうの簡単に約束しちゃうよね——」

「う——ッ、うがぁぁぁぁぁぁっ！」

とぼければよかったのだろうが、急に問われたため馬鹿正直に答えてしまった。

瑠璃はさらに顔を真っ赤にすると、無色の手を取り、足を絡ませ、マニアックな関節技をかけてきた。

「……⁉　……⁉」

自分の身体がどうなっているかもわからないような状態で、ギリギリと全身を締め上げられる。半ば無意識のうちに、喉の奥から、か細い悲鳴が漏れるのが聞こえた。

「いけません、騎士不夜城。冷静になってください」

「そ、そうだよ。玖珂くんを離して——」

「その技はちゃんと首に腕を回さないと落とせませんよ」

「烏丸さん⁉」

黒衣の言葉に、緋純が声を裏返らせる。

が、さすがにやりすぎたと思ったのか、瑠璃のリアクションに満足したのか、黒衣は小さく息を吐くと、無色の代わりに瑠璃の肩をポンポンとタップした。

「冗談です。無色さんとは偶然途中で会っただけです」

「……っ、ほ、本当……？」

今無色を締め上げている直接の原因は瑠璃の結婚発言だったのだが、それでも瑠璃の気勢を抑えるくらいの効果はあったらしい。

瑠璃の手足から力が抜け、ようやく解放される。無色は力なく床に倒れ伏すと、数秒後、よろよろと身を起こした。

「だ、大丈夫？　玖珂くん……」

「な、なんとか……」

緋純の声に応えるように無色が言うと、ようやく冷静さを取り戻したらしい瑠璃が、気まずげに手を差し出してきた。

「……悪かったわよ。ちょっと取り乱したわ」

「ちょっとかー……」

無色は苦笑しながらも、その手を取って立ち上がった。〈庭園〉の魔術師として日々戦う瑠璃の手は、少女特有の華奢(きゃしゃ)さと、戦士の強靭(きょうじん)さが同居した、不思議な感触だった。

と──

「……ん？」

無色は、そこで目を丸くした。

理由は単純。教室の窓の隙間から、何やら見慣れないものが入ってきたからだ。

炎のように揺らめく羽を持った青い小鳥——否、小鳥のような形をした炎、と言った方が正確だろうか。嘴に当たる部分に手紙のようなものを咥えながら、ふわふわと中空を舞っている。

「あれって——」

無色の視線と声で、他の皆もその小さな来訪者に気づいたらしい。一斉にそちらを見やり、思い思いの反応を示す。

「……使い魔？　珍しいわね——」

と、瑠璃が微かに眉根を寄せながら言った瞬間、小鳥は咥えていた手紙を、瑠璃の手元に落としてみせた。

そしてその後、役目を終えたと言わんばかりに、空気に溶け消える。

「手紙……私に？」

瑠璃が手紙を手に取り、不思議そうに矯めつ眇めつ眺め回す。確かに封筒の表には『不夜城瑠璃殿』と記してあった。

初めて目にする光景に、無色は微かな興奮を込めて声を発した。

「すごい。魔術師って、こうやって手紙のやりとりをするんだ」

「いや、しないわよ」

「え?」

瑠璃がぴしゃりと返してくる。無色はキョトンと目を丸くした。

「昔はしてたのかもしれないけど、最近は魔術師専用アプリか、電子メールを使うのが一般的よ。そっちの方が早いし、確実だし、簡単でしょ。せいぜい数百文字程度の情報を伝達するのにわざわざ魔力使うなんて非効率じゃない」

「それは……確かに」

そういえば、彩禍が以前似たようなことを言っていた。伝統派の魔術師の中にはそれでもアナログを好む者も多い——とも。

「まあ、利点がまったくないとは言わないけどね。小さな呪符程度なら実物を届けられるし、サーバーに履歴を残さなくて済むし。あとは——まあ、今の無色の反応とか」

「俺の反応?」

「使い魔が手紙を運んでくるのを見て、『すごい!』って思ったでしょ。それ。要は見た目が格好いい、ってこと」

「見た目って……それだけ?」

「魔術において『格好よさ』って結構大事なものよ。魔力と精神は密接に関わっているものだから。無色も、変な魔術より、格好いいものの方がテンションが上がるでしょう？　その気持ちの上下っていうのは、少なからず出力に影響を及ぼすわ。自分はこんな凄い魔術を使えるんだ、って自覚は、そのまま自信にも繫がるしね。

だから、重要な伝達事項とか、格式を重んずる行事の通達なんかには、まだ使われることもあるわ」

「なるほど……」

無色は納得を示すようにうなずいた。

「ありがとう瑠璃。ためになったよ」

「ふ、ふん。別にそんな──って」

そこで瑠璃は、何かに気づいたようにハッと肩を震わせた。

「何学んでるのよ！　勝手にためにしないでくれる⁉」

「さすがに滅茶苦茶だよ瑠璃ちゃん……」

緋純は頰に汗を垂らしながら苦笑すると、瑠璃が手にした手紙に視線を送った。

「それより、何の手紙だったの？」

「ん……ああ、そうだったわね。何かしら。あの使い魔は本家からだと思うけど……」

言いながら、瑠璃が封を開け、中に入っていた一枚の便箋を取り出す。

そして、その紙面に視線を落とし——

「な、な、な……」

両手を戦慄（わなな）かせ、絶叫を上げた。

「ぬぁぁぁぁぁぁんじゃこりゃぁぁぁぁぁぁぁ————ッ‼」

「る、瑠璃……⁉」

「一体どうしたの……⁉」

突然のことに無色たちが驚いていると、瑠璃は何が何だかわからないといった様子で、手紙を近くの机の上に叩（たた）きつけた。

「どうしたも何も……意味わかんないわよ！　何なの突然、これは……っ！」

言って、その文面を無色たちに示すように、ビッと指さしてくる。

無色たちはそれに従うように、手紙を覗（のぞ）き込んだ。

「こ、これは……⁉」

「え——ええ……っ⁉」

「……ふむ」

そして、瑠璃と同じように狼狽（ろうばい）を露（あら）わにしたり、眉根を寄せたりする。

けれど、それも無理からぬことではあった。突然こんな文面を見せられたなら、誰だって似たような反応をしてしまうだろう。

——手紙には、達筆でこう記されていた。

『不夜城瑠璃殿
貴女（きじょ）の婚姻が決定した。心より言祝（ことほ）ぎ申し上げる。
婚礼の儀を執り行うため、至急不夜城本家に戻られたし。
不夜城青緒』

# 第二章　魔女の征く　綿津見の城　海深し

「無色さん」

「…………」

「無色さん」

「…………」

「あっ、あんなところに、珍しく和服をお召しになった彩禍様が」

「えっ、ど、どこですか⁉」

突然鼓膜を震わせた情報に、無色はバッと顔を上げた。

が、そこにいたのは、和服姿の彩禍ではなく、半眼を作った黒衣だった。

まあ、とはいえそれも当然だ。今彩禍の身体は無色と融合しているのである。無色がここにいる以上、存在するはずがない。

「聞こえているではないですか。先ほどから何度もお呼びしていたのですが」

黒衣が、少し不満げに唇を尖らせてくる。無色は申し訳なさそうに頭を下げた。

「……すみません。ちょっとボーッとしちゃってて……」

「その割には彩禍様のお名前には反応を示すのですね」

「ぼんやりしてても、すぐ近くで大爆発が起きたら気づくじゃないですか」

「爆発物扱い」

黒衣が呆れたように言ってくる。

――しかしその表現もあながち的外れではなかった。和服姿の彩禍……その破壊力はTNT換算で実に二・五キロトン。あまりの危険度のため、国際条約で着用が制限されているほどだ。

「またろくでもないことを考えていますね？」

「そんな、まさか」

黒衣に言われ、無色は迷いなく首を横に振った。――確かにいろいろ考えてはいたが、決してろくでもないことではない。決して。

無色と黒衣がいるのは、二人が所属する〈庭園〉高等部二年一組の教室であった。

今は昼休みであり、生徒の数もまばらである。

「――それで、一体何を考えていたのですか？」

「和服姿の彩禍さんを合法的に成立させるための条約機構を――」

「そちらではなく。その前の話です」

黒衣が無色の言葉を遮るように言ってくる。

無色は「ああ……」と物憂げな声を零しながら、とある席に目をやった。——ここ数日、主を欠いてしまっている席を。

「ちょっと……瑠璃のことを」

「やはり、そうでしたか」

無色の返事を受けて、黒衣が納得を示すようにうなずく。……なんだろうか、そこはかとなくホッとした感というか、「哀しきモンスターにもまだ人の心が残っていた」と安堵するような気配を感じた気がしたが……まあ気のせいだろう。

「あの手紙が届いてからもう五日ですよ。……一体、何があったんでしょう」

無色は不安げに眉を歪めながら言った。

そう。もはや無色にとって日常となった教室の風景ではあったが、一つ、いつもと違うところがあったのである。

——瑠璃の、不在だ。

とはいえ無論、素直に手紙の要請に応じ、婚礼の儀とやらを行うために本家に向かったというわけではない。

無色は五日前、この場所で行われたやりとりをぼんやりと思い返した。

「――ざっけんじゃないわよ！」

瑠璃は、机の上に広げられた手紙に、勢いよく拳を叩きつけた。机の天板がみしりと悲鳴を上げる。

「何よ婚姻って！　いきなり手紙寄越したかと思ったら勝手に……！　これだから旧家ってやつは！」

そして憤然と息を吐き、両手を戦慄かせる。

その様子に、緋純が眉根を寄せた。

「ってことは……やっぱり、瑠璃ちゃんは何も知らなかったの？」

「知らないわよ！　ていうかそもそも、私まだ一六だし！」

瑠璃の言葉に、無色たちは「あ」と声を発した。確かにその通りである。現行の制度では、まだ瑠璃は結婚可能年齢に達していない。

「えっと……じゃあ、どうするの？」

「無視よ無視！　本家が何を言おうと知ったこっちゃないわ！　そんなことにまで口出さ

れる筋合いないっての！　何より、私はもう心に決めた人が――」

「えっ？」

「……なんでもないわ！」

瑠璃は誤魔化すように叫びを上げると、手紙を力任せにくしゃくしゃと丸め、教室の前方にあるゴミ箱に投げつけた。

その際力を込めすぎたのだろう。勢い余ってゴミ箱から飛び出てしまう。瑠璃は額に血管を浮かばせながらもその場まで歩いていくと、手紙をゴミ箱に入れ直してから戻ってきた。こんなときでも律儀だった。

「――ですが、本当に大丈夫でしょうか」

と、そこであごに手を当てながら言ったのは黒衣だった。

「大丈夫って、何がよ」

「確かに普通に考えれば、本人の意思なしに婚姻関係を結ぶことはできません。瑠璃さんは結婚可能年齢に達していないのだから尚更です。

――しかし、相手は魔術の名門不夜城家の当主・不夜城青緒。多少の無理は通してしまうでしょう。放置しておいてよいものでしょうか」

「う……っ」

黒衣の言もっともだと思ったのだろう。瑠璃が渋面を作りながら頬に汗を垂らす。

「た、確かに……一体どんな思惑があるのか知らないけど、きっちり処理しておいた方がいいかもしれないわね……。知らないうちに既婚者にされてたとか、あり得ない話じゃなさそうだし。最悪、見知らぬ男が『君の夫だよ』ってここに来る可能性も否定できないし……」

「そ、それは怖いね……」

緋純が苦笑しながら言う。実際、怖気を振るう事態ではあった。

「でも、きっちり処理って、一体どうするの？」

無色が問うと、瑠璃は数瞬考えを巡らせるような仕草を見せたのち、続けてきた。

「そりゃあ——直談判しかないでしょ。手紙で『イヤです』って返したところで事態は何も変わりそうにないし。何ならひと暴れくらいしてきた方が、こっちの意思がよく伝わるんじゃない？」

言いながら、長物の柄を振り回すような仕草をしてみせる。

相変わらずの武闘派っぷりに苦笑するも——無色はそこでピクリと眉を揺らした。

「って、それはつまり、本家に行くってこと？」

「まあ……当主殿がいるところに行くってなると、そうなるわね」

「それって、一人じゃない方がいいんじゃ……何なら俺も一緒に——」

「——駄目よ」

瞬間。

瑠璃がそれまでの調子とは異なる表情で、無色の言葉を遮ってきた。

「え——?」

冷淡ささえ感じる、強い拒絶。瑠璃らしからぬ反応に、無色は思わず目を丸くした。

そんな無色の反応に、自分の語調の強さを認識したかのように、瑠璃が小さく肩を揺らす。

「ああ——いや……無色なんていても、何の役にも立たないって言ってるのよ！　パパッと済ませてすぐ戻ってくるから、大人しく待ってなさい！

……って、いや待ってなくてもいいのよ！　早く魔術師辞めて〈庭園〉から出ていきなさいよ！」

瑠璃はビッと無色に指を突きつけながらそう言うと、教室を出ようとし——何かを思い出したように「あっ」と足を止めた。

「そうだ。魔女様にも一言言っておかないと——」

『…………』

瑠璃の言葉に、無色と黒衣は目配せし合った。

それはそうだ。何しろ彩禍の身体と意識は、既に瑠璃の目の前にいるのである。

「いや、今は都合が悪いんじゃないかな」

「ええ。確か彩禍様は所用があると仰っておられました」

「な、何よ二人とも。妙に息合ってるわね……」

瑠璃は訝しげな顔をしたものの、気を取り直すように頭を振った。

「……まあ、ご用があるのなら仕方ないわね。魔女様に、すぐに戻るのでご心配なく、って伝えておいてちょうだい。じゃあ、行ってくるから！」

「あ、瑠璃――」

無色の声を背に浴びながら、瑠璃は足早に教室を出ていってしまった。

――それから早五日。

不夜城本家に向かったはずの瑠璃からは、何の音沙汰もなかったのである。

無論、こちらから連絡を試みもした。けれど電話もメールもＳＮＳも、一切反応がなかったのだ。

これが、無色のスマートフォンからの発信を無視しているだけならば、まだ理解できないでもない。瑠璃はまだ無色を魔術師として認めてくれていないようだったし、連絡先を交換したのも、緋純や黒衣に促されて渋々といった様子だったからだ（ちなみにメッセージアプリの友だち登録をしてから、一日二回、朝と夜に「魔術師辞めろ」「〈庭園〉から出ていけ」「ちゃんと歯磨いた？」「寝坊するんじゃないわよ」というメッセージが、怒りのスタンプとともに届くようになった）。

ただ、あの瑠璃が、彩禍からのメッセージに反応を示さないというのは、明らかに異常事態だった。

電波の届かない場所にいるのか、スマートフォンを紛失してしまったのか、はたまた操作できないような状態にあるのか……いずれにせよ、想定外の事態が起こっていることは明白である。無色は焦れるようにスマートフォンの画面をタップした。

「玖珂くん……」

と、それに合わせるようなタイミングで、緋純が声をかけてきた。

その表情はお世辞にも朗らかとは言えない。彼女が無色と同じことを考えているであろうことは想像に難くなかった。

「瑠璃ちゃんからは何も？」

「……うん。そっちも？」

無色が問い返すと、緋純は暗い面持ちのまま首肯してきた。

「やっぱり、何かあったのかな。連絡さえつかないなんて……」

そしてしばしの間思い悩むように黙り込んでから、意を決した様子で黒衣の方を向く。

「あの、烏丸さん。今日って魔女様は授業に出られるのかな？」

「いえ。本日彩禍様はお休みをいただいております。——何かご用でしたらわたしからお伝えすることはできますが」

黒衣が表情を変えぬまま答える。すると緋純は、おずおずと言葉を続けた。

「……不夜城家の当主様って、〈方舟〉の学園長先生だよね。魔女様から、瑠璃ちゃんのことを聞いてみてもらうことって……できたりしないかな」

緋純自身、自分が大それたことを言っているという自覚はあるようだ。その顔は緊張に強ばり、声には微かに震えがあった。

けれど、それを理解した上でなお、瑠璃の安否を確認したいのだろう。彼女の不安げな双眸の奥に灯る光には、確かな意志の強さが感じられる。

そして黒衣には、そんな彼女の決意を感じ取るだけの器量と、それを聞き入れるだけの寛容さがあった。小さく息を吐いたのち、続ける。

「――家の事情に口を挟むのはあまり好ましくありませんが、騎士不夜城は〈庭園〉の徒。彩禍様が自らの門弟を気にかけるのは、別段おかしなことではないでしょう。〈方舟〉の学園長に連絡を取ってもらえるよう、かけあってみましょう」

「……！　本当？　ありがとう！」

緋純がパァッと表情を明るくし、黒衣の手を取る。

そんな反応が予想外だったのか、普段あまり表情を変えない黒衣が、少し目を丸くしていた。かわいい。

「――とはいえ、あまり期待はしすぎないでください。魔術師にとって『家』とは、単なる共同体以上の意味を持ちます。如何に彩禍様とはいえ――」

と――そこで不意に、黒衣が言葉を止める。

しかし、その理由はすぐに知れた。

窓の僅かな隙間を通り抜けるようにして、小鳥のような形をした青い炎が、教室に入ってきたのである。

そう。五日前、瑠璃に手紙を届けにきた、青緒の使い魔だ。

「……！　あれは――」

「あのときの……!?」

無色たちが驚愕に声を上げ、目を見開いていると、使い魔はゆらゆらと空中を漂ったのち、嘴に咥えていた封筒を瑠璃の机の上に落とし、そのまま身体を霧散させた。

その場には、飾り気のない封筒のみが残される。

無色は黒衣、緋純と視線を交わしてから、そろそろとそれに手を伸ばした。

宛名は書かれていなかったが、裏面――差出人の名を記す場所には『不夜城瑠璃』の名が記してあった。

「瑠璃から……？」

訝しげに眉をひそめながら、封筒を開ける。

中に手紙は入っておらず、その代わり、小さなメモリーカードが確認できた。

「これは……」

「読み取ってみよう。普通の端末で大丈夫かな……？」

言って、緋純がカードを携帯端末に挿入する。

するとほどなくして、画面に映像が再生された。

『――えーと、こんにちは……でいいのかしら。不夜城瑠璃です』

「瑠璃……!?」

その映像を見て、無色は思わず声を裏返らせた。

だがそれも無理からぬことだろう。何しろそこに映っていたのは、殺風景な部屋で椅子に腰掛けた瑠璃の姿だったのだから。

ただ、身に纏(まと)っているのは〈庭園〉の制服ではなかった。さりとて私服という様子でもない。白を基調とした、セーラー服のような衣服を身につけている。

無論、映像である以上こちらの声が届くはずもない。瑠璃は無色たちのリアクションに反応を示すこともなくあとを続けた。

『これを見てる人……たぶん同じクラスの誰かだと思うけど、先生に伝えてください』

そして薄い笑みを浮かべながら、信じがたい言葉を発する。

『──私、不夜城瑠璃は、この度良縁に恵まれ、結婚することになりました。つきましては、〈庭園〉を中途退学させていただきたく存じます』

「は──」

「え……？」

「…………」

予想外の発言に、無色と緋純は、ポカンと口を開けてしまった。黒衣は口こそ開けなかったものの、訝しげに目を細めている。

しかし画面の中の瑠璃は、皆の表情に反して、朗らかな様子のまま続けた。

『必要書類は追ってお送りします。

〈庭園〉での日々は、私のかけがえのない糧となってくれました。

短い間ではありましたが、本当にお世話になりました。

皆様の武運長久をお祈りします――』

味気ない定型文のような挨拶をして、瑠璃がぺこりと頭を下げる。

そこで、映像は終わった。

「…………」

「…………」

「…………」

無色たちはしばし呆然としたのち、互いに視線を交わし合った。

「――明らかに、異常ですね」

最初に言葉を取り戻したのは黒衣だった。微かに眉根を寄せ、訝しげに声を発する。

無色と緋純もまた、黒衣に同調を示すようにうなずいた。

「……はい。どう見てもおかしいです」

「うん。いろいろと気になる点はあるけど――」

確かにこの映像は異常なことだらけだった。

あれだけ嫌がっていた瑠璃が素直に結婚を受け入れているのもおかしかったし、急に〈庭園〉を辞めるなどというのも妙な話だ。そもそも、ビデオ通話ではなく、映像を記録メディアに収めて青緒の使い魔に運ばせるということ自体が不自然極まりない。

しかし、何より一つ、見過ごせないことがあった。

「――彩禍さんに一言もないなんてあり得ません」

「――魔女様に一言もないなんてあり得ないよね」

「そこですか」

無色、緋純が同時にそう言うと、黒衣は呆れるように半眼を作った。

「だって瑠璃ですよ？」

「あの瑠璃ちゃんだよ？」

「………………」

黒衣の言葉に、無色と緋純はこれまた同時にそう返した。

そう。おかしなところは数あれど、最も異常な点はそこだった。

――仮に。もし仮に。本家に文句を言いに行った瑠璃が、勝手に決められた婚約者と対面し、一目惚れをしてしまったとしよう。それならば急に結婚に前向きになることもあり得るかもしれない。

結婚となれば、今までの生活を一変させねばならないだろう。特に不夜城家は名家という話だ。細かいしきたりなどもあるかもしれない。〈庭園〉を辞めるという選択肢も、あるいは出てくるのかもしれなかった。

映像を記録メディアに収めて寄越したのも、本家が電波状況の悪い場所にあるとすれば、考えられない話ではない。

だが。

だが——だ。

他のあらゆる可能性に目を瞑るとしても——

瑠璃が、あの彩禍様だいすきクラブ名誉会長（非公式）不夜城瑠璃が、彩禍に一言も言及しないなど、絶対にあり得なかったのである……！

もしも本当に、のっぴきならない事情で〈庭園〉を離れねばならなくなったとしたならば、瑠璃は涙ながらにその事情を語り、彩禍への謝辞を延々と述べ、彩禍との思い出を偲び、彩禍の記録映像をバックに自作のメッセージソングを歌い上げ、やっぱりイヤだと駄々をこね、号泣しながら画面の外に引きずり出される——くらいのことはするだろう。

「メモリーカード一枚で収まりきるはずがない」

「うん。間違いないよね」

「信頼感」

確信を帯びた無色と緋純の呟(つぶや)きに、黒衣がぽつりと零(こぼ)す。

しかし、論拠はどうあれ、この映像に不審な点がある、という結論は変わらないと判断したのだろう。気を取り直すように咳払(せきばら)いをし、続けてくる。

「一見したところ瑠璃さんそのものですが、魔術的にも技術的にも、このような映像を作るのは不可能ではないと思われます。

それに——瑠璃さん本人が何らかの方法で操られていたり、洗脳されている、という可能性も否定できません」

「な……！」

「そんな——！」

黒衣の言葉に、無色と緋純は眉根を寄せた。

「洗脳って……そこまでするって言うんですか？」

「あくまで可能性の話です。ですが瑠璃さんは、当代の不夜城一族の中でも、恐らく随一の天才。あちらの学園長としては、〈庭園〉に在籍させておくこと自体本意ではなかったでしょう。この機会に強行策に出ることは十分考えられます」

「……っ、すぐ助けにいかないと。一体本家ってどこにあるんですか⁉」

無色が渋面を作りながら言うと、黒衣は小さく首を横に振りながら言ってきた。

「落ち着いてください無色さん。そう簡単にはいかないのです」

「そう簡単にはって――一体何があるんですか?」

「不夜城本家の邸宅は、当主・不夜城青緒が統治する魔術師養成機関〈虚の方舟〉の中に存在します。つまり不夜城本家に行くためには、まず〈方舟〉に乗り込まねばならないのです」

「〈方舟〉に……それの、何が問題なんですか? 今の俺は、未熟ではありますけど魔術師です。別の学園の生徒が入れないってことはないでしょう?」

交流戦の際には、〈楼閣〉の魔術師が〈庭園〉に多数やってきていた。喰良の件で警戒が強められているにしても、全面禁止になるとは考えづらい。

が、黒衣は静かに続けてきた。

「落ち着いて聞いてください。〈虚の方舟〉は――魔術師養成機関唯一の、女子校なのです」

「へ……?」

黒衣の言葉に、無色は素っ頓狂な言葉を発した。

「教師、生徒、事務員に至るまで、全てが女性で構成されています。不夜城家の敷地がどのような扱いになっているかまではわかりませんが、少なくとも学園エリアに関しては、男子の入園は原則禁止されています」

「そ、そんな……」

無色が拳を握りながら言うと、それと入れ替わりになるように緋純が声を上げた。

「だったら、私が──」

「──確かにそれならば可能かもしれません。しかし、厳しいことを言うようですが、緋純さんが〈方舟〉に行ったところで大したことはできないと思われます。相手は魔術の名門不夜城家。適当にあしらわれるのが落ちでしょう」

「そ、それは……」

黒衣に言われ、緋純が口ごもる。実際その通りだと思ったのだろう。

無色は悔しげに息を吐きながら、固めた拳を机に押し当てた。

「でも、それならどうすればいいんですか？　瑠璃が望まぬ結婚をさせられるのを、黙って見ていろって言うんですか？」

「…………」

無色の言葉に、黒衣は数瞬の間、思案を巡らせるように無言になった。

が、やがて覚悟を決めたように続けてくる。

「いいえ。――こういうデリケートな案件は、然るべき人物に任せざるを得ない、と言っているのです」

「然るべき人物――」

無色が目を丸くしながら復唱すると、黒衣は「ええ」と続けた。

「――許可申請を握り潰すこともできず、不夜城学園長と直接交渉が可能で――最悪不夜城家全体を敵に回すことになったとしても、力業でそれを突破することが可能な人物です」

「そ、そんな都合のいい人……」

黒衣の言葉に、緋純が眉を八の字にする。

しかし、無色は自信と確信を持って力強く首肯した。

「――一人しか、いませんね」

『…………！』

◇

無色が〈庭園〉中央管理棟三階に位置するエンジニアルームに足を踏み入れた瞬間。

そこで作業をしていた技術者たちが、一斉にこちらを向いて、息を詰まらせてきた。

けれどそれも無理からぬことだろう。何しろ今の無色は——

「失礼。少し邪魔をするよ」

〈庭園〉学園長・久遠崎彩禍の姿をしていたのだから。

そう。あのあと黒衣とともに教室を出た無色は、ひとけのない空き教室でキスによって魔力供給を施され、彩禍の姿へと戻っていたのである。

「——ああ、そのままでいい。作業を続けてくれ」

技術者たちが立ち上がって礼をしようとするのを手で制する。皆少し戸惑った顔をしながらも、おとなしく作業に戻った。

「ま、魔女様。何かご用でしょうか……？」

が、さすがに来訪した学園長を放置してはおけないと思ったのだろう。近場にいた職員が、どこか緊張した面持ちで応対してくる。

「ああ、ヒルデがここにいると聞いてね」

「技術部長ですか？　それなら一番奥の席に——」

「ん、ありがとう」

無色は短く礼を言うと、黒衣を伴って部屋の奥へと歩いていった。

見慣れない機械で埋め尽くされたSF映画のような空間である。が、あちらこちらに、呪文の刻印された古めかしい魔術具、さらには奇妙な生物のホルマリン漬けなどが並んでおり、雑多な印象を漂わせていた。どれがどんな役割を持っているのかわからないため、間違って触れてしまわないよう、慎重に足を進める。

やがて無色は、厳重にパーティションで区切られた空間に辿り着いた。

「…………、…………、…………」

そこでは、背を丸めるような格好で椅子に腰掛けたヒルデガルドが、天球を形作るかのように配置されたモニタに向かって、何かをブツブツと呟きながら作業をしていた。

「――ヒルデ」

「……ひゃいっ⁉」

無色が肩を叩きながら名を呼ぶと、ヒルデガルドは、ようやく来客の存在に気づいたような調子で声を裏返らせた。

「あ……」

手を覆うような形をした特殊なコンソールから指を引き抜き、ずれた眼鏡の位置を直しながら、無色の顔を見上げてくる。

どこか怯えたような表情をしていたヒルデガルドだったが、無色の――正確には彩禍の――顔を見ると、少し安堵したような色を見せた。

「ど、どうしたの……彩禍ちゃん、急に……」

「彩禍ちゃん」

無色は思わず復唱してしまった。

人見知りなヒルデガルドであるが、彩禍や瑠璃には比較的懐いている……とは事前に黒衣に聞いていた。だが、まさかそんな可愛らしい呼称をしてくるとは。──彩禍ちゃん。なんと甘美な響き。声に出して読みたい日本語第一位だ。

「彩禍様」

が、背後から響く黒衣の声に、現実に引き戻される。無色はコホンと咳払いをしたのち、言葉を続けた。

「ああ、仕事中すまない。少し君に頼みがあってね」

「た、頼み……？」

無色が言うと、ヒルデガルドは目を見開いた。

「彩禍ちゃんが私に……？　うぇ、ふぇひっ……そ、そっか……私に……」

そして、何やら引きつったような笑みを浮かべる。一見無理をして笑っているように見えなくもなかったが、表情を作るのが苦手なだけで、彩禍に頼られること自体は嬉しいようだった。

「う、うん……いいよ。何をすればいいの？　銀行のネットワークに侵入して口座残高をいじる？　内閣府のホームページをえっちなサイトにすり替える？　チーターの住所抜いて着払いで実物大のきりんの像とか送りつける？　それとも──」

「ヒルデ」

急に饒舌になったヒルデガルドを制止するように名を呼ぶと、彼女はハッと肩を震わせた。

「まさかとは思うが、本当にやってはいないだろうね？」

「や……やってないよ……？」

ヒルデガルドが顔中に汗を滲ませながら目を逸らす。その際ぽつりと「……全部は」と聞こえた気もしたが、気のせいと思うことにした。

「まあいい。──黒衣」

「はい。こちらを」

無色の指示に従い、黒衣が件のメモリーカードをヒルデガルドに差し出す。

「……？」

ヒルデガルドは不思議そうな顔をしてそれを見たのち、端末のスロットに差し込んだ。

ほどなくして、画面に瑠璃の動画が再生される。

「……！　これって――」

それを見たヒルデガルドは、驚愕に目を見開き、険しい顔をして無色の方を見てきた。

「お、おかしいよ……瑠璃ちゃんが彩禍ちゃんに一言もないなんて……！」

「そう。そこだ」

「そこなのですか」

ヒルデガルドの言葉に、無色は深く同意し、黒衣は半眼を作った。

「判断基準の是非はさておいて。――騎士ヒルデガルド。いかがでしょう。〈庭園〉技術部長の目から見て、この動画に不審な点はありますでしょうか」

「ん……」

黒衣の言葉に、ヒルデガルドは目を細めると、再度動画を再生させた。そののち、何やらコンソールを操作する。

「……もっと調べてみないと正確なことは言えないけど……合成とかフェイクみたいな感じはしない……かな……ちゃんと生身の人間が喋ってる……と、思う……」

「――そうか」

その返答に、無色は微かに眉根を寄せた。――もしもこの動画がフェイクでないとしたならば、何らかの方法で瑠璃が喋らされている可能性が高いということになる。

その無色の表情を見てか、ヒルデガルドが不安そうな顔を作った。

「い、一体何があったの……？　瑠璃ちゃんがこんなこと言うとは思えないよ……」

「ああ。頼みというのは、それについてなんだ」

「う、うん。何……？」

ヒルデガルドが小さく首を傾げながら問うてくる。

無色は静かに髪をかき上げながら、続けた。

「──近々、〈方舟〉に行こうと思ってね。君にも少し、手を貸してほしいんだ」

無色の言葉に、ヒルデガルドは勢いよくうなずいた。

「う、うん……！　じゃあきりんの像いっぱい手配しておくね……」

「だからそうではなくてだね」

力強く拳を握ったヒルデガルドに、無色は汗を垂らしながら言った。

◇

──瑠璃の映像が〈庭園〉に届いてから、二日。

高級車の後部座席に乗った無色は、窓越しに流れゆく景色を眺めていた。

なお、綺麗に磨き上げられた窓ガラスには今、久遠崎彩禍の麗しい横顔が映り込んでいたのだが、それを意識してしまうと永遠に見つめ続けてしまうという自覚があったため、できるだけ意識しないよう心がけていた。

ちなみに今の装(よそお)いは〈庭園〉の制服ではなく、シンプルながらも仕立てのよい、モノトーンのドレスである。

理由は単純。——これから別の魔術師養成機関に特別講師をしに行くというのに、学生服を着ているわけにはいかなかったからだ。

「——ありがとう黒衣。いろいろと面倒をかけたね」

無色は、隣に座る黒衣の方に視線をやりながらそう呟(つぶや)いた。鈴を転がすような美しい声音が、車内に響き渡る。

「いえ。面倒というほどのことは。実際、入園許可はこの上なくスムーズに下りました」

「本当かい？」

「はい。——〈庭園〉の久遠崎彩禍が特別講師をやってもいいと言っているのに、断れる魔術師が存在するはずはありませんので」

「ふ——はっ」

黒衣の言葉に、無色は思わず頬を緩めた。——確かにその通りだと思ってしまったのである。

「ちなみに最初は体験入学生として登録をお願いしようとしたのですが、担当者が泡を吹いて倒れそうになったので特別講師にしておきました」

担当者の気持ちは察するに余りある。さぞ驚いたことだろう。無色は小さく肩をすくめた。

「まあ、それはそれとして、だ。急に手続きを頼んでしまったのは事実だからね。いろいろと――すまなかったね」

これはあくまで不夜城家と、それに連なる無色の問題であり、彩禍を巻き込んでしまった形になる。その意味も込めて、無色はそう言った。

しかし黒衣は、事も無げにうなずいてみせた。

「お気になさらず。これも侍従の仕事です」

「それに」と、黒衣が付け足すように言ってくる。

「瑠璃さんは、わたしにとっても学友ですので」

「黒衣――」

無色はぴくりと眉の端を揺らしながら、黒衣の横顔を見つめた。

表情はいつもとさほど変わらない。けれど、その唇から紡がれた、普段の黒衣らしからぬ言葉が、何というか、無色の胸をたまらなくさせた。

「これが、尊い――という感情か」

「彩禍様」

無色の言葉に、黒衣が少し強い調子で返してくる。

「これより別の魔術師養成機関を訪れるのですから、どうか発言にはご注意を」

「……ふ、わかっているよ」

内心ドキドキしながらも、余裕ぶった笑みを返す。

運転席と後部座席は仕切られ、こちらの会話は通信を繋がない限り運転手に届かないようになっていたが、バックミラーで表情や仕草は見られてしまう。運転手も〈庭園〉の職員だ。あまり、侍従にやり込められる久遠崎彩禍の姿を見せるわけにもいかなかったのである。

無色は再度窓の外に視線を遣りながら、話題を変えるように呟いた。

「――ところで、この前から気になっていたのだが、〈方舟〉というのはどこにあるのかな？」

〈庭園〉を出発してから、もう一時間くらいは経っている。窓から見える風景も、住宅街やビル群から、だいぶ自然溢れるものに変貌しつつあった。

学園長会議の前に見せられた資料には、各養成機関の概要も併記されていたのだが――

思い起こすと、なぜか〈方舟〉には、所在地の記載がなかったのである。

すると黒衣は、ちらと車外の景色を確認してから返してきた。

「もうすぐです。少々お待ちを」

「ふむ……？」

無色は不思議そうに首を傾げた。

理由は単純。日本に五校しかないという魔術師養成機関が、車で一時間程度の距離にあるとは思えなかったのである。少なくとも他の三校のように、別の地方に存在すると予想していたのだ。

そんな無色の思考を表情から察したのか、黒衣が静かに続けてきた。

「――彩禍様は非常に運がおよろしい。〈方舟〉がこんなに近いのは、年に二、三度といったところです」

「…………？」

無色が目を瞬かせていると、やがて車が停車し、運転席から降りた運転手が、後部座席の扉を開けてきた。

「魔女様、到着いたしました。どうぞ」

そしてそう言って、恭しく礼をしてくる。

「ああ、ありがとう」

正直まだ頭の中は疑問符でいっぱいだったが、それを表に出すわけにもいかない。無色は至極優雅な語調と所作で以てそう言うと、車から降りた。

「――ふむ」

扉の外に広がっていたのは、一面の青だった。

鼻を突く強い磯の香り。水面に照り返す陽光。断続的に響く波の音と鴎の鳴き声が、鼓膜を微かに震わせる。

そう。――海だ。

もっと正確に言うのなら、観光地の宣伝写真に用いられるような美しい砂浜ではなく、ひとけのない寂れた埠頭の一角である。水着姿のカップルや家族連れよりも、船から荷下ろしをする作業員か、裏取引をするマフィアの方が似合いそうな風景だった。

「こちらです、彩禍様」

と、先に車を降りていた黒衣が、キャリーバッグを二つ転がしながら、促すように言ってくる。

彼女に自分の荷物を運ばせてしまうのは気が咎めたが、主人と侍従という関係性を対外的に示す以上仕方のないことではあった。あとで労をねぎらおうと心に決めつつ、そのあとを追って歩みを進める。

黒衣が歩いていったのは、海に突き出した波止の方向であった。

見たところ、船が停泊している様子もない。先には海面が広がるだけの行き止まりだ。

しかし。

「――これは」

無色は小さく呟いた。波止の先端付近に近づいたところで、不思議な感覚が身体を通り抜けたのである。

それは、〈庭園〉の敷地を抜ける際に感じるものと非常に似通っていた。つまりは、認識阻害の結界。外部に見せたくないものを隠しておくための魔術である。

無色がそれに気づいたときには――

目の前に、小型の船のようなものが現れていた。

正確に言うなら、船というのが正しい表現なのかはわからない。カプセルのようなフォルムをした不思議な乗り物だ。ただ、水面にぷかぷかと浮かぶその様子が、無色の語彙の中からその言葉を選び取らせていた。

と。

「――〈空隙の庭園〉学園長、久遠崎彩禍様ですね。お待ちしておりました」

不意に声をかけられ、無色はそちらに目を向けた。

いつの間にそこに現れたのだろうか、波止の先に、何とも奇妙な風貌をした人物が一人、立っていることがわかる。

〈方舟〉の遣いだろうか。白いセーラー服の上に、羽織のような外套を纏った少女である。肩から伸びる肩章とリアライズ・デバイスが、彼女が魔術師であることを示していた。

顔の特徴は——よくわからない。

とはいえそれは、顔の造作に個性がなさすぎるというわけではなく、単に彼女が、不思議な紋様の描かれた狐の面で、顔を覆い隠しているからだった。

一瞬ぎょっとした無色ではあったが、魔術師が奇異な格好をしているのはよくあることであるし、何より今の無色は久遠崎彩禍である。狼狽えた姿を見せるわけにはいかなかった。至極落ち着いた調子で返す。

「此度、案内役を務めさせていただきます。私のことは『浅葱』とお呼びください」

「ああ、世話をかけるね」

「滅相もございません。彼の高名な極彩の魔女様においでいただけるとは、〈方舟〉の一員として光栄の極みにございます。どうぞこちらへ」

言って、『船』の中へと案内するように手を差し伸べてくる。

ここからはこの『船』で移動する――ということだろう。無色はそう判断して小さくうなずくと、『船』の中に乗り込んだ。そのあとを追うように、黒衣もまた『船』の中に入ってくる。

中から見ても、不思議な造りの乗り物である。座席の周りを、滑らかな曲線で構成された透明な外壁がすっぽりと覆っている。なんとなく、昔絵本で見た想像上の宇宙船を思い出す無色だった。

「では、参ります。少し揺れますのでご注意ください」

操縦席に乗り込んだ浅葱がそう言って、タッチパネル状のコンソールに触れる。

すると低い駆動音とともに、『船』の各所が、ぼんやりとした魔力の光を帯びていった。

そして、次の瞬間――

「…………！」

無色は小さく息を詰まらせた。

理由は単純。『船』が、海の中へと沈んでいったからだ。

「……っ、――――」

予想外の事態に、思わず黒衣の方を向く。が、黒衣は至極落ち着いた様子で、小さく首を振ってくるのみだった。

どうやらアクシデントではなく、こういう乗り物だったらしい。要は潜水艇ということだろう。——宇宙船のようだ、という無色の感想も、あながち間違っていなかったのかもしれなかった。

そしてそのまま海中を進んでいくこと数十分。

「——」

前方にとあるものを発見し、無色は目を見開いた。

だがそれも当然だろう。初めて『それ』を目にしたならば、誰しもが似たようなリアクションを取ってしまうに違いない。

——海底に鎮座する、巨大な都市を目にしたならば。

「これは……」

「〈虚の方舟〉——」

すると、無色の声に応えるように、黒衣が、仮面の少女に聞こえないくらいに潜めた声音で囁(ささや)いてきた。

「——その名の通り、大海を回遊する、移動型の要塞都市です」

「ほう……」

〈方舟〉の中に降り立った無色は、目の前に広がる光景に、感嘆とも呆然ともつかぬ声を漏らしていた。

壮麗なる白亜の天守を中心に頂いた、円形の都市である。まるでデザインされたように──実際その通りなのだろうが──整然と道が走り、それに沿うように、大小様々な建造物が立ち並んでいた。

そして、巨大な金魚鉢を逆さに被せるかのように、それらを分厚い空気の壁が覆っている。

上方に目をやると、海水越しに揺らめく太陽をバックに、無数の魚の群れが、空を飛ぶかの如く泳いでいた。

なんとも幻想的で、非現実的な光景。

おとぎ話に出てくる竜宮城が実在したならば、そこから見える景色はきっとこのようなものに違いないと思えるような様相であった。

「──彩禍様」

「ん……ああ」

黒衣に名を呼ばれ、無色は視線を前方に戻した。──そうだ。あまり彩禍の身体で、観光客のような反応を続けるわけにはいかない。

するとそれを待っていたかのように、浅葱が会釈(えしゃく)をしてきた。

「学園長のもとへご案内いたします。お荷物はご滞在先にお運びしておきますので、そのままでどうぞ」

「そうか。ではお言葉に甘えよう」

無色は短く言うと、黒衣とともに浅葱のあとをついていった。

都市の中央に聳(そび)える城のような学舎に向かって、綺麗(きれい)に舗装された道を歩いていく。

その道中、辺りに白のセーラー服を纏った生徒たちの姿が見受けられた。——どうやらこれが〈方舟〉の制服であるらしい。そういえば、動画の中の瑠璃も同じ服を着ていたような気がした。

魔術師養成機関唯一の女子校、という事前情報に違(たが)わず、目に付く生徒は全て少女たちである。……彩禍の姿を借りて女の園に足を踏み入れていると思うと、なんだかちょっといけないことをしているような気分になる無色だった。

と——

「ん……?」

生徒たちに混じって、仮面を着け、制服の上に外套を羽織った少女の姿を見つけ、無色はぴくりと眉を揺らした。

「あの仮面と外套は――」

そう。仮面に描かれた紋様こそ微妙に異なるものの、それは今無色たちを先導して歩く少女が身に着けているものと非常によく似ていたのである。

無色の言葉に、浅葱は「はい」と答えてきた。

「我々は『風紀委員（アズールズ）』と呼ばれております。主な職務は〈方舟〉の治安維持及び風紀管理ですが――まあ、要は何でも屋のようなものです。滞在中、何かご用があればお気軽にお申し付けください」

「ふむ……」

どうやらこの特徴的な仮面と外套は、彼女の趣味ではなく制服のようなものらしかった。その辺りも、学園によって特色があるのだろう。無色は納得を示すように首肯し、歩みを進めた。

そして、水族館の中を遊覧するかのような道程を歩むこと数分。

無色たち一行は、都市の中央に鎮座する学舎の最上階――学園長室へと辿（たど）り着いた。

「――学園長。久遠崎彩禍様をお連れいたしました」

仮面の少女がそう告げると、その返答と言わんばかりに、扉がゆっくりと左右にその口を開けていった。

少女が、畏まるように扉の脇に控える。

黒衣もまた、ここで待機する意思を示すように、一歩足を引いてみせた。

「…………」

ここからは学園長同士で、ということだろう。無色はこくんと喉を鳴らした。

しかし、久遠崎彩禍は狼狽えない。無色は緊張を欠片も表に出さぬよう心がけながら、巨大な扉をくぐっていった。

扉の中は、城の如き建物の外観に違わず、まるで謁見の間のような造りをしていた。部屋の奥が上段の間となっており、その境界を示すように御簾がかけられている。無数の本で埋め尽くされた彩禍の部屋とはまるで異なる様相であった。

「――ふふ、いらっしゃい。随分とお久しぶりね、彩禍さん。一週間も会わないなんて、寂しくて死んでしまいそうだったわ」

御簾の向こうから、〈方舟〉学園長・不夜城青緒の声が響いてくる。

無色はそれに応ずるように、ふっと頬を緩めながら返した。

「それはすまなかったね。君の眼鏡に適う茶葉を探すのに時間がかかってしまって」

「あら、あら」

青緒が、可笑しそうに笑ってみせる。

――表面上は、軽い諧謔を交えた和やかな挨拶。

けれど無色は、心臓が痛くなるほどの緊張を覚えずにはいられなかった。

彼女と対面するのは初めてではないが、以前会ったのは学園長会議の場――言うなれば、志を同じくする味方同士としてだった。

しかし今無色は、連絡の途絶えた瑠璃を連れ戻すために、この〈方舟〉に足を踏み入れている。

話し合いで丸く収まるのならばそれに越したことはないが、瑠璃の婚姻を決めたのがこの青緒である以上、敵対することになる可能性はゼロではなかった。

そして恐らく、青緒も薄々それに勘付いているだろう。

あまりに急な彩禍の訪問に、何の違和感も覚えないほど愚鈍な女ではない――とは、黒衣の言である。

とはいえ、まだ無色たちの手元には情報が少なすぎる。現状を把握するまでは滅多なことは口にしないよう言い含められていた。

まあ、それは裏を返せば――全てが明らかになったあとであれば、相応の手段に出ることも辞さない、と言っているようなものであったけれど。

「にしても――どうしたの、急に特別講師だなんて。連絡を受けた子が驚いていたわよ」

「いや、なに。学園間の技術交流も大切だと思ってね」

「前お願いしたときは断ったくせに」

「……は、は。そうだったかな？」

その話は初耳だった。乾いた笑みを浮かべて誤魔化す。

「非常事態だからこそ、魔術師養成機関同士、手を取り合うことが重要じゃないか」

「まあ、そういうことにしておいてあげる。理由はどうあれ歓迎するわ。こんな機会は滅多にないし」

青緒はパチン、と扇子を鳴らしながら、続けた。

「――ねぇ、彩禍さん」

「何かな」

「神話級滅亡因子（マイソロジア）〈ウロボロス〉の復活――大変な事態よね。しかもその行方は杳（よう）として知れず、今もなお不死者が量産されているかもしれない」

「……ああ、そうだね」

「そんな危機的状況なのに、興味本位で他人の家の事情に首を突っ込んだりするような愚を犯す魔術師は、〈庭園〉にはいないわよね？」

「――――」

少し声のトーンを落としながら、青緒が言ってくる。それまでの軽口とは調子の違う言葉に、無色は微かに肺が痛むのを感じた。

だが、久遠崎彩禍は狼狽えない。無色は動揺を悟られぬよう、大仰な調子で手を広げてみせた。

「もちろんさ。――鴇嶋喰良は我らの同胞に牙を剝いた。わたしは執念深いのでね。この借りは、必ずその身で贖わせてみせる」

「あらあら……勇ましいこと。彩禍さんは昔からそうよね。怖い怖い。敵には回したくないものだわ」

「はは、安心したまえ。わたしが君の敵に回ることなどあり得ないだろう？　――君がわたしの愛弟子を傷つけでもしない限りは」

言葉に微かな険を乗せて放つと、青緒はふっと笑うように息を漏らした。

「ええ、そうね。その点については安心だわ。私がそんなことをするはずはないし。――でも、彩禍さんも気をつけてね。先の事件の影響で、少し〈方舟〉の風紀委員も気が立っているみたいなの。あなたにそんなつもりがないことはよくわかっているのだけれど、誤解を受ける行動は控えてもらえると助かるわ」

「ふ、警戒心が高いのは悪いことではないさ。頼もしいじゃないか。是非職務を全うするよう伝えてくれ。──なに、わたしのことは心配要らないさ。子猫がじゃれてきたところで、特に痛痒もない」

「子猫にも爪はあるわ。どうか気をつけてちょうだい。私も、大切な友人が傷つくところは見たくないから」

「ふ──」

「うふふ──」

幾度かの言葉の応酬ののち、二人は微笑みあった。

語調は和やかなものであるが、学園長室には緊迫した空気が立ちこめている。気の弱い人間であったなら、二人の姿を直視することさえ困難だったかもしれない。

とはいえ、青緒とていつまでもこんなやりとりを続けるつもりはないようだった。話を区切るように小さく手を振り、言ってくる。

「──まあ、大変なときではあるけれど、せっかくの機会だし、楽しんでいってちょうだい。ここに来るのも久しぶりでしょう?」

「……、ああ。そうさせてもらうよ」

無色は青緒の言葉にそう応えると、学園長室をあとにした。

——部屋を出ると同時、扉が自動的に閉じていく。

するとそれに合わせるように、部屋の外に控えていた浅葱が礼をしてきた。

「では、お部屋へご案内いたします。こちらへ」

「ああ、頼むよ」

無色は小さくうなずくと、黒衣とともにその背を追って廊下を歩いていった。

「——黒衣」

「はい」

道中、前方を歩く浅葱に聞こえないくらいの声で名を呼ぶと、黒衣は全てを把握しているかのような調子でうなずいてみせた。——彼女のことだ。おおよそ会話の内容は推測しているだろうし、実際何らかの方法で二人の会話を聞いていてもおかしくはなかった。

「——やはり青緒さんは勘付いておられますね。こちらの真の目的に」

「そう——だろうね」

無色が答えると、黒衣が首肯とともに続けてくる。

「ですが、こちらがそれを明言しない限り、事を荒立てるつもりもないように思えます。とにかく、まずは瑠璃さんを探しましょう。——拘束、監禁されているのか。監視の下ある程度自由が許されているのか。そもそもきちんと己の意思で行動できる状態にあるのか。それを把握しなければ、動きようがありません」

「……ああ」

無色は拳に力を込めながら、こくりとうなずいた。

「——何か？」

と、そこで前方を歩く浅葱が、不審そうに振り返ってくる。

どうやら知らず知らずのうちに声が大きくなってしまっていたらしい。無色は誤魔化すように「いや」と首を振った。

「久方ぶりに訪れたが、見事な学舎だと思ってね」

「お褒めにあずかり光栄にございます。学園長もお喜びになるでしょう」

少女は淡々とした調子でそう言うと、無色と黒衣を連れて学舎を出て、寮舎が立ち並ぶエリアへと歩いていった。

どうやらもう今日の授業は終わっているようだ。道沿いに立ち並んだ商業施設には、白い制服を纏（まと）った少女たちが集まり、楽しげに声を上げている。

中にはこちらの存在に気づいたのか、物珍しそうに無色たちの方に視線を送ってくる者たちもいた。

「——ねえねえ、あの風紀委員さんに連れられた方、どなたでしょう」

「綺麗なお方……外からのお客様かしら」

「どこかでお顔を見たことがあるような気もするのですけど……」

「あれ？　なんだか〈空隙の庭園〉の魔女様に似てません……？」

「ええ？　まさかぁ」

などと、噂話に花を咲かせる。

そういえば、〈方舟〉は海を征く移動都市であるという特性上、他の魔術師養成機関よりも外部との接触機会が極端に少ないと黒衣に聞いていた。外からの来客は、彼女らにとってちょっとしたイベントなのかもしれない。

「ふ――」

彩禍ならば、無視して通り過ぎることもするまい。無色はにこりと微笑んで、こちらの様子を窺う少女たちに小さく手を振ってやった。少女たちが、頬を染めながらきゃいきゃいと声を弾ませる。

と――

「――っ、彩禍様」

そこで黒衣が小さく息を詰まらせ、前を歩く無色の袖を引いてきた。

常に冷静な黒衣には珍しい行動である。無色は不思議に思って足を止めた。

「ん？　ああ、すまない。〈方舟〉の生徒たちに、わたしの笑顔は少々刺激が強かったかな——」

「何を言っているのですか。それよりも、あれを」

「あれ……？」

無色は黒衣の指さす方向に視線をやり——言葉を止めた。

理由は単純。通りの向こうに、見覚えのある少女の姿があったからだ。

二つに括られた長い髪。意志の強そうなつり目がちの双眸。

身に纏っている服こそ、〈方舟〉の制服である白のセーラー服ではあったが、それは紛れもなく——

連絡が途絶えていた無色の妹・不夜城瑠璃の姿だった。

「…………」

瑠璃は複数の少女たちに囲まれ、通りを歩いていた。

不夜城家の娘だからか、どうやら大層人気があるようで、周囲の少女たちは皆楽しげに微笑みながら瑠璃に構っている。

けれど、そんな少女たちの中心にいながら、瑠璃だけはどこか虚ろな目で、暗く沈むような顔をしていた。まるで、周囲の声が聞こえていないようですらある。

を感じた。

〈庭園〉では見たことのないような表情。無色は心臓が締め付けられるように収縮するのを感じた。

「――――」

こんなにも早く瑠璃を見つけることができたのは僥倖であるが、何か様子がおかしい。

無色は瑠璃に呼びかけるため、すっと息を吸った。

「瑠――」

が。

「――久遠崎学園長。学区内ではどうかお静かに願います」

その瞬間、無色の行動を察知したかのように、浅葱が目の前に立ち塞がった。

否。それだけではない。一体どこに潜んでいたのか、浅葱と似たような格好をした少女たち――風紀委員が、無色と瑠璃を分断するかのように姿を現す。

「な……」

無色は微かに眉根を寄せたが、すぐに冷静さを取り戻し、優雅な仕草で髪をかき上げてみせた。

「おやおや、これは失礼。確かに、神聖なる学舎で騒がしくするのはよくないね」

「ご理解いただけて助かります」

浅葱が礼をすると、周囲に集まった風紀委員たちもまた、同じように頭を下げた。まるで正確にプログラミングされているかのように同じ動作だった。

「しかし――少々大仰ではないかな？　わたしは、偶然知己を見つけて声をかけようとしただけなのだけれど。些事に大山鳴動というのも、〈方舟〉の品格を落とすことにはならないかな」

「…………」

浅葱は無色の言葉を黙って聞いていたが、やがて仮面越しに、くぐもった声を響かせてきた。

「久遠崎学園長。御身の影響力をお考えください。あなたは世界最強とさえ謳われる魔術師。些細な身振りが、周囲にどのような影響を及ぼすかわかりません。

――そして、あなたは今、〈方舟〉の特別講師として招かれた身。特定の生徒と懇意にするような行為はお控えいただきますようお願い申し上げます」

「……これは、これは」

持って回ったような言い回しに、無色は焦れるように息を吐いた。

「異な事をいう。ここでは、愛弟子と話す権利もないと？」

「愛弟子。さて、一体どなたのことでしょう。――もしそれが〈庭園〉に修学していた不夜城瑠璃様のことを指しているのであれば、既に中途退学の意思をお伝えしているはずですが」

「……ほう？」

無色が苛立たしげに目を細めると、黒衣が軽く肩を叩いてきた。――落ち着け、とでもいうように。

通りの先を見やると、既に瑠璃一行は歩き去ってしまっていた。

……確かに、ここでことを荒立てるのは得策ではないだろう。無色は黒衣に応ずるように小さく首を倒すと、ふうと息を吐いた。

「……少し疲れた。部屋に案内してくれるかい？」

「御意に」

仮面の少女は、折り目正しく礼をし、そう答えてきた。

「さて――」

部屋に到着した無色は、周囲を一望しながら息を吐いた。

寮舎の奥に建てられた、来賓用宿舎の一室である。多分一番いい部屋を用意してくれたのだろう。無色一人が泊まるにしては少々広すぎるスペースに、高級そうな調度品が並べられている。

「これから、どうしたものかな」

とはいえ、今の無色に、豪華な部屋にはしゃぐような余裕などはなかった。ため息交じりにぽつりと零(こぼ)す。

風紀委員(アズールズ)の浅葱は、無色たちをここに案内したのち、ご用があれば何なりと、と連絡先を渡したのち、姿を消していた。今ここにいるのは無色と黒衣の二人きりである。

無論黒衣にも別の個室が用意されていたのだが、これからの方針を立てるために、こちらの部屋に集まっていたのだ。

「少々お待ちください」

と、黒衣はこちらを制止するように手の平を広げながら言うと、すっと目を細めた。

「――第一顕現、【審問(しんもん)の目】」

そして意識を集中させ、その名を唱える。

彼女の首に輪のような界紋(かいもん)が広がり、目に光が灯(とも)った。

その術式は、かつて目にしたことがあった。確か目視した対象の構造や組成を見抜く解析魔術だ。

黒衣は光る目でぐるりと部屋を見渡すと、小さくうなずいたのち、界紋を消した。

「今のは？」

「はい。盗聴の恐れがありましたので、念のため調べさせていただきました」

「……っ、なるほど」

黒衣の言葉に、無色はぴくりと眉を揺らしながら言った。

青緒がこちらの目的を疑っているのは明白。ならば確かに、その可能性は考慮して然るべきだった。

「とはいえ、青緒さんも馬鹿ではありません。こちらがそれを調べるのも予想済みのはずです。わざわざこちらに弱みを握らせるようなことはしないでしょう。あくまで念のためです」

では、と黒衣が続ける。

「改めて、今後の方針について話し合いましょう」

そしてそう言って、懐から小型の端末とワイヤレスイヤホンを取り出し、イヤホンの片方を無色に手渡してくる。

無色がそれを耳に装着すると、ほどなくして、小さな声が聞こえてきた。

『……あ、あー……テステス、なんちゃって……うぇへへ……』

声の主はヒルデガルドだった。少々聞き取りづらい気もしたが、それは電波状況が悪いというより、彼女の声量の問題であるように思われた。

『えっと……聞こえる？　彩禍ちゃん、黒衣ちゃん……』

「ああ、問題ない」

『な、なんかこういうの……スパイみたいでちょっと楽しいね……』

「わからなくもない」

無色がふっと微笑みながら言うと、ヒルデガルドは同意を得られて嬉しかったのか、『うぇひっ』と笑った。

「それよりも。騎士ヒルデガルド、状況はいかがですか？」

と、無色とは逆の耳にワイヤレスイヤホンをつけた黒衣が短く問う。ヒルデガルドが慌てるようにそれに応じた。

『あ……う、うん。こっちを出る前に渡した端末があるでしょ。それを介して、〈方舟〉内のネットワークにはアクセスできたよ。時間をもらえれば、セキュリティも突破できると思う。端末のバッテリー切れにだけ注意してくれるかな……』

ヒルデガルドがやや早口で言ってくる。

そう。〈庭園〉を出る前、無色たちが依頼したのはそれだった。

瑠璃の現況の確認、不夜城家の情報の収集、いざというとき立ちはだかるやもしれない〈方舟〉のセキュリティへの対策——

そういったものをクリアするために、ヒルデガルドに〈方舟〉ネットワークへのハッキングを要請したのである。

……まあ、あまり褒められた手段ではない上に、〈庭園〉を襲撃したときの喰良の手口に似ているのは少々気になったが——万一のときのための備えはしておくに越したことはない。

『〈方舟〉はその特性上、園内ネットワークが独立してるからね……外部からのアクセスだけだと限界があるんだ。本当はメインサーバーに物理接続してもらえれば一発なんだけど、さすがにそれは難しいだろうし……うん、でもこの手のやつは一度内部から侵入しちゃえばなんとでもなるよ。……うぇひっ……、こんなあまあまなプロテクトで私を止めようだなんて、ちゃんちゃらおかしいですなぁ……』

ヒルデガルドは独り言のようにつらつらと言葉を述べると、自分ばかりが話していることに気づいたようにハッと息を詰まらせた。

『と、とにかく……こっちは任せて。何か進展があったら連絡するね……』

そしてそう言って、通信を切る。

それぞれ片耳にイヤホンを装着した無色と黒衣は、どちらからともなく視線を交わすと、同時に小さく首肯した。

「ヒルデの方は進捗を待つとして——こちらも、できることをしておこう」

「はい」

黒衣が短く答えてくる。

とはいえ、そう簡単にいきそうにもないのが現状ではあった。難しげに腕組みしながら、続ける。

「初日で瑠璃を見つけられたのは僥倖だが……あまりよい状況ではなさそうだ」

「はい。監禁などはされていないようでしたが——見たところ、普段と様子が違う印象を受けました」

「ああ——」

無色は、先ほど目にした瑠璃の横顔を思い起こしながら眉根を寄せた。

遠目ではあったが、確かに黒衣の言うとおり、いつもの瑠璃とは様子が違うような気がしたのである。洗脳、操作——質の悪い冗談としか思えなかった単語が、脳裏を掠める。

とはいえ、悲観のし過ぎもよくないだろう。無色は嫌な想像を振り払うように頭を振って、続けた。

「……今悩んでも仕方ない。まずは瑠璃と接触する方法を考えよう」

「その通りです。となると目下の懸案事項は、風紀委員(アズールズ)でしょうか」

黒衣が思案を巡らせるようにあごに手を当てながら言ってくる。無色は大仰に肩をすくめながら返した。

「ああ。まさかあそこまで露骨に妨害をしてくるとは思わなかったけれどね」

「しかしそれは、あちらが彩禍様と瑠璃さんの接触を嫌がっているという証左に他なりません。もしもお二人を会わせても問題ないと思っているのなら、こんな方法は取らないはずです」

「──なるほど」

黒衣の言葉に、無色は納得を示すようにうなずいた。

確かに、完全に洗脳が完了しているのならば、あそこまで過敏な反応をするとは考えづらい。過ぎた警護は、こちらの付け入る隙があるということを示しているようなものだった。

「とはいえ、どうやって接触する？　あの様子では、瑠璃にも監視がついているだろう。大立ち回りは避けたいところだが──」

無色が言うと、黒衣はどこか自信ありげにうなずいてきた。

「一つ、手があります。これならば、彩禍様と瑠璃さんが至近距離で遭遇しても不自然でなく、風紀委員(アズールズ)も立場上妨害しづらいのではないかと」

「ほう。どうすればいいのかな？」

無色の問いに、黒衣は静かに答えてきた。

「——彩禍様に、本来の役割を果たしていただきます」

# 第三章　囚われの　姫の心を　開くもの

一口に魔術師養成機関といっても、場所が変われば特色も異なる。

大海を回遊する〈虚の方舟〉は、その特性上、海に現れる滅亡因子を相手取ることが多い。そのため、学内にある練武場の造りも、〈庭園〉のそれとはだいぶ異なっていた。

粒子の細かい砂で埋められたフィールドに、寄せては返す波まで再現されている。一体どういう原理になっているのか、〈方舟〉の周囲を覆う空気の壁の一部から、海水が浸食しているのである。もはや練武場というより、ビーチとか海水浴場とかと表現した方が適当であるように思われた。

そして今、そんな練武場に──

「──ええと、場所はここでいいんですよね？」

「はい。確かに『WeSPER』にはここと書いてありました」

「やっぱり昨日のは見間違いじゃなかったんですね！」

幾人もの生徒たちが集まり、きゃいきゃいと声を響かせていた。

それどころか、よく見ると教師と思しき魔術師の姿もちらほらと見受けられる。もはやちょっとしたイベント会場といった様相だった。

だが、それも無理のないことだろう。

何しろ今日ここで――極彩の魔女・久遠崎彩禍の特別授業が行われるというのだから。

「大盛況だね」

「そのようですね」

その様子を、浜辺の隅に建てられた控え室という名の小屋から覗き見ながら、無色と黒衣は言葉を交わした。

「学園長クラスの魔術師が直接授業を行うこと自体が貴重な機会です。それが外部の――しかも彩禍様となれば、注目度が高くなるのも当然でしょう」

久遠崎彩禍といえば、〈空隙の庭園〉学園長にして、世界最強と謳われる魔術師。まさに、生ける伝説と呼ぶに相応しい経歴と実績の持ち主である。その名を耳にしたことのない魔術師など、そうはいないだろう。

だが、その姿を直接目にしたことのある者となると、その数はぐんと減り――直に教えを受けた者となると、ごく限られた者のみとなる。

そんな魔術師がわざわざ〈方舟〉を訪れ、授業をしてくれるというのだ。魔術を志す者ならば、受けてみたいと思って当然だろう。

──と。それはそれとして。

無色には、どうしても気になることが一つ、あった。

「ところで黒衣」

「なんでしょう」

「この装いは一体何かな？」

言って、無色は自分の姿を見下ろした。

そう。今無色は、スポーティーなホルターネックタイプのビキニを身に纏っていたのである。

彩禍の完璧なプロポーションを、タイトな水着がぴったりと覆っている。その様はまさに芸術と呼ぶに相応しかった。実際無色は、黒衣に着替えさせてもらってからしばらくの間、鏡の前から動けなかったほどだ。

否、正確に言うならば無色だけではない。黒衣も、練武場に犇めく少女たちも、デザインこそ違うものの、皆似たような格好をしていた。ロケーションも相まって、特別授業というより臨海学校といった様相だ。

しかし黒衣は、至極落ち着いた様子で言葉を続けてきた。

「〈庭園〉でも練武場で訓練を行う際には、運動着に着替えるでしょう」

「ああ、うん。そうだね」

「あれです」

「地域差がすごい」

奇妙な感慨を込めながら無色が言うと、黒衣が首を傾げてきた。

「ご不満ですか」

「いや、素晴らしいと思う。〈庭園〉でも導入したいくらいだ」

「彩禍様がご乱心されたと騒ぎになるのでやめてください」

黒衣が半眼を作りながら言ってくる。それは困るので無色は素直にうなずいた。

「とりあえず理解した。——少し驚きはしたがデザインは悪くない。黒衣も、よく似合っているよ」

「ありがとうございます」

黒衣が淡々と、しかしどこか満更でもなさそうな様子で返してくる。

と、それに合わせるかのようなタイミングで、控え室の扉がノックされた。

「——ん、開いているよ」

無色が答えると、扉が開かれ、一人の少女が部屋に入ってきた。

制服の上に外套を羽織り、顔に仮面を着けた少女――風紀委員だ。その仮面の紋様から、それが昨日無色たちを案内してくれた浅葱であることがわかる。

「失礼します。……久遠崎学園長。これは一体どういうことですか？」

開口一番、浅葱はどこか不服そうな口ぶりでそう言ってきた。仮面のため表情は見取れなかったが、その下で渋面を作っているであろうことはなんとなくわかる。

「どういう、とは？　授業の形式に指定はなかったので実技を選んだまでだが。これならば、教室や講堂よりも多くの生徒を集められるだろう？　――何か問題でも？」

「…………」

無色が言うと、浅葱はぐっと押し黙った。

そう。これこそが、昨日黒衣が言っていた手であった。

〈方舟〉側は彩禍と瑠璃の接触を嫌がっているが、彩禍が特別講師として〈方舟〉を訪れている以上、彩禍が学生に授業をすることを止めることはできない。瑠璃とコンタクトを取るならば、このタイミングしかなかったのである。

ただ、教室や講堂での座学となると、席数の制限を理由に、瑠璃が遠ざけられる可能性があった。

そのため、人数制限のない練武場を使用した、自由参加型の実技授業という形式を取ったのだ。

情報の周知も抜かりない。無色たちは昨日のうちにヒルデガルドに依頼し、魔術師専用SNS『WeSPER』で、特別授業の告知を行ってもらっていた。娯楽の少ない〈方舟〉生徒の間に学生魔術師の実に九割以上が使用するアプリである。娯楽の少ない〈方舟〉生徒の間にその噂が広がるのは、まさに一瞬の出来事だった。

仮に瑠璃が情報端末を取り上げられていたとしても、周囲の生徒のほぼ全員に噂が行き渡っていたなら、完全にシャットアウトするのは困難だろう。

「……これはあくまで授業です。必要以上の私語はお控えいただきたく」

浅葱が、苦々しげに言ってくる。無色は大仰にうなずいた。

「ああ、わかっているとも。——さて、では行こうか、黒衣」

「はい」

無色はそう言うと控え室を出、そのまま真っ直ぐ、白い砂浜に足跡を刻んでいった。

「——あっ！　みんな、あれを！」

いち早く無色の登場に気づいた生徒が、こちらを指さしながら声を上げてくる。

するとそれを起点にして、少女たちが一斉に波打つように無色の方を見、怒濤の如き歓声を上げてきた。

「あれが〈庭園〉の魔女様⁉」

「想像よりずっとお美しいわ！」

「ああっ、今こっちを見ましたわ！」

などと、にわかに色めき立つ。

その勢いに一瞬気圧されそうになる無色だったが、彩禍が人気なのは悪い気はしなかった。ふっと余裕ある笑みを浮かべながら手を振ってみせる。

少女たちが、『きゃあああああああああああああああああっ！』とさらに大きな歓声を上げる。まるで芸能人にでもなったような気分だった。

と──

「────」

そこで、無色はぴくりと眉を揺らした。

色めき立つ水着姿の少女たちの後方に、瑠璃の姿を見つけたのである。

無色は一瞬黒衣と視線を交わし、小さくうなずき合った。

「──どうやら、第一段階はクリアしたようだね」

「はい。ですが、あまり楽観視できそうにもありません」

黒衣が小さな声で答えてくる。

彼女の言うとおりだった。やはり明らかに、瑠璃の様子がおかしかったのである。

「確かに。いつもの瑠璃ならば、最前列でカメラを構えながら、『ああっ、魔女様！　お美しい！　赫々たる綺羅星の如き存在感！　希望を乗せて煌めく天翔る流星！　そこまで輝くには眠れない夜もあったでしょう……っ！』とシャッターを切っていただろう」

「具体例」

「それが、あんな冷静な顔をしながら立っているなんて……」

「気のせいでしょうか。今の方が正常に思えてきました」

そんな会話をしながらも、無色たちは歩みを進め、やがて生徒たちの前に至った。

そして、皆のざわめきが収まるのを待ってから、ゆっくりと話し出す。

「――初めまして、諸君。〈空隙の庭園〉学園長、久遠崎彩禍だ。縁あって此度、〈方舟〉にて特別講師をすることになった。短い間だがよろしく頼むよ」

落ち着いた、しかしよく通る声で以て、簡単に自己紹介をする。

その様に、〈方舟〉の生徒たちは再びわぁっと色めき立った。水着姿の少女たちが、二つの意味で胸を弾ませながら無色を出迎えてくれたのである。

あまりに刺激的な光景。普段の無色ならば、興奮して魔力放出量が増えてしまわないよう、それとなく視線を逸らしていたかもしれなかった。

けれど――

「……ふっ」

無色は不敵に微笑(ほほえ)んだ。

理由は単純。――つい先ほど更衣室で、鏡越しに『水着姿の彩禍』という大量破壊兵器を目にした無色は、水着の女の子にある程度免疫ができていたのである（更衣室で二度ほど黒衣にキスをされる羽目になったのは内緒である）。

無色は余裕に満ちた表情を浮かべながら言葉を続けた。

「さて、まずは準備運動からだ。――二人一組を作ってくれるかな」

『はいっ！』

無色が指示を出すと、生徒たちは元気よく応え、友人とペアを組んでいった。

と、そんな中、瑠璃の周りがわいわいと騒がしくなる。

「瑠璃様、もしよろしければ私と！」

「いえいえ、私と！」

「いえいえいえいえ私と！」

どうやら、誰が瑠璃とペアを組むかで揉(も)めているらしい。なお、そんな中にあっても、瑠璃は「すん……っ」と、人形のような無表情を保っていた。

とはいえ、昨日多くの取り巻きに囲まれていた瑠璃を見たときから、その展開は予想済みである。無色はふっと頬を緩めると、その一団の方へと歩いていった。

「おやおや、ペアが決まらないようだね。なら仕方ない。

——君、わたしと組んでくれるかな」

言って、瑠璃を指さす。瑠璃の表情筋が、一瞬ぴくりと動いた気がした。

「——久遠崎学園長！」

と、そこで後方から声が聞こえてくる。——浅葱だ。

とはいえ、その反応は想定内である。無色は大仰にそちらに振り向きながら返した。

「何かな？　まさか風紀委員ともあろう者が、『授業』の邪魔をしはしないだろうね？」

「……く」

無色が『授業』を強調するように言うと、浅葱は悔しげに呻き、不本意そうにしながらもその場にとどまった。

無色は再度瑠璃の方を向くと、もう一度手を伸ばした。

「どうだい？　嫌かな？」

「……いえ。そんなことはありません。こうえいです——」

すると瑠璃が、虚ろな表情のまま、辿々しい様子でそう答えてきた。

周囲にいた生徒たちが、わっと色めき立つ。

「瑠璃様と魔女様のペア……!?」

「そ、そんなのタダで見ていいんですか……?」

「ウニと和牛一緒に食べたらもっと美味しいみたいなやつじゃん……」

どうやら、皆異存はないらしい。無色は小さく微笑むと、瑠璃の手を取って元の位置に戻った。

「さあ、では始めよう。念入りに。準備不足は怪我のもとだからね」

『はい、魔女様！』

無色の声に、生徒たちが元気よく応えてくる。何なら〈庭園〉の生徒たちよりもモチベーションが高いように思われた。皆、初彩禍にテンションが上がっているらしい。気持ちはわかる。何なら無色も授業を受けたいくらいだった。

とはいえ、今は優先すべきことがある。

無色は簡単な手足の柔軟を済ませると、瑠璃を砂浜に座らせ、その後方に回ると、背中をぐいと押して前屈させた。

その際、浅葱の位置から見えないように、瑠璃の耳元に唇を寄せ、ぽつりと囁く。

「──心配したよ、瑠璃。無事で何よりだ」

「——ヒンッ」

瑠璃は無表情のまま、しかしビクンと身体を痙攣させた。

やはり、様子がおかしい。だが、無色の言葉に反応を示しているのは確かだった。浅葱の目を盗むようにしながら、続ける。

「今は監視がついている。イエスなら一回、ノーならば二回、瞬きをしてくれ」

「…………」

無色が囁くように言うと、瑠璃は奥歯を鳴らしながら、目を一回ぱちりと閉じた。

「〈方舟〉にとどまっているのは瑠璃の意思かい？」

「…………」二回。

「滞在場所には監視カメラなどが取り付けられている？」

「…………」一回。

「秘密裏に連絡を取れる手段がある？」

「…………」二回。

そのまま、いくつか質問を続けていく。

反応こそどこかおかしいものの、こちらの問いにはなんとか答えてくる。その様はまるで、自由の利かない身体を、気力だけで動かしているかのようだった。

「……ふむ」

まさか、青緒(あお)に何らかの暗示をかけられながらも、彩禍との触れ合いによって自我を取り戻しつつある……ということだろうか。

考えられない話ではない。──しかしそれならば、より強い刺激を与えれば、完全に暗示が解けるという可能性もあるかもしれなかった。

思考は一瞬。無色は早速行動に移った。

「瑠璃、もっと深く身体を倒してごらん」

無色は瑠璃の背中に身体をぴたりと密着させると、そのままぐいと前方に体重をかけた。

そしてさらに、耳たぶに触れるか触れないかくらいの位置で囁く。

「我慢はよくない……もっと素直に……自分を解放するんだ……」

「……コッ……コヒュゥウウウ………」

身体のどこからか謎の異音を響かせながら、瑠璃が身体をぺたりと折りたたむ。まるで骨抜きにでもなったかのような、ものすごい柔軟性だった。

と、そこで、瑠璃の顔が真っ赤に染まっていることに気づく。知らず知らずのうちに、必要以上に瑠璃の背に胸を押しつけてしまっていたらしい。

「おっと」

無色が瑠璃の身体の圧迫を止めると、瑠璃はギギギ……と身体を起こし、プシュー、と耳から蒸気を噴き出した。気がした。

「すまない。少々強すぎたかな？」

「イ……エ……」

瑠璃が錆び付いたロボットのような挙動で言ってくる。表情は無のままだったが、確かに手応えがあった。

――ここは畳みかけるしかない。無色は顔を上げて声を響かせた。

「皆、準備運動は十分できたかな。――黒衣、次はあれを」

「はい」

黒衣が短く応え、事前に準備していたカゴから、小さな瓶を取り出す。

「では皆さん。こちらのマーメイドローションを身体に塗布してください。魔術的処理の施された保護液剤です。海中で万一の事故が起こった際、水圧などから身体を保護してくれます。一人では背中までくまなく塗ることが困難ですので、これも二人一組でどうぞ」

言って、生徒たちに小瓶を配り始める。

無色もまた黒衣から小瓶を受け取ると、その蓋を開け、手に粘性のある液体をトロリと垂らしながら、瑠璃のところに舞い戻った。

「さあ、瑠璃。わたしがローションを塗ってあげよう」

「……キュ……ッ、キュピィィィィ……」

無色が妖しげに微笑みながら言うと、瑠璃は表情を変えぬまま、しかし喉から奇妙な音を漏らした。

しかし無色は構わず瑠璃の背後に回ると、手に取ったローションを、その肌に塗っていった。肩、腕、そして背中に、つつつ……と指を這わせる。

「……いいね、瑠璃。ここを……こうだ……」

「オ……ッ、オゴ……ッフ……」

無色が背中をなぞりながら耳元で囁くと、瑠璃は全身をビクンビクンと震わせて身体を仰け反らせた。何かが身体を突き破って出てこようとでもしているかのようだった。

「ふむ……こんなところかな」

瑠璃の身体の背面に、丹念にローションを塗り込み、無色は満足げに息を吐いた。

さすがに妹とはいえ、身体の前面にまでローションを塗るのは問題がある気がしたし、何より下手をすればこちらの身体が無色に戻ってしまいかねない。この辺りが限界だろう。

「では瑠璃。今度はわたしの背中にお願いできるかな？」

「………イッ⁉」

無色が言うと、瑠璃は首を一八〇度近くまで回しながら息を詰まらせた。

二人ペアである以上自然な流れではあるはずなのだが、瑠璃にとっては一大事であるようだった。――まあ、気持ちはわかる。ローション越しとはいえ、合法的に彩禍の背中に触れられるというのだ。その衝撃は計り知れないだろう。

しかしそれこそが、無色の目的ではあった。

瑠璃ならば。久遠崎彩禍推進担当大臣（非公認）不夜城瑠璃ならば、その衝撃を以て、自我を取り戻してくれると信じていたのである。

「さあ――では頼むよ」

ローションのボトルを手渡し、瑠璃に背中を向ける。

そしてゆっくりとした動作で、絹糸の如き髪を纏め、背を露出させた。

「ア……、ア……ッ……」

瑠璃はゾンビのような挙動で小刻みに身体を震わせながらも、手にローションを垂らし、ゆっくりと無色の背に手を伸ばしてきた。

そして、ぴとり、と、その指先が背中に触れた瞬間――

「アアアアアアアアアアアアアアアアア――――ッ!?」

脳天に落雷を受けたかのように悶絶し、瑠璃がその場に倒れ伏した。

突然のことに、周囲にいた生徒たちが驚愕(きょうがく)の声を上げる。後方からそれを見ていた浅葱もまた、こちらに駆け寄ろうとするかのように腰を落としていた。

「いかがされましたかっ⁉」

「る、瑠璃様！」

「きゃあっ⁉」

が、そんな皆のリアクションをよそに――

「は……っ⁉」

瑠璃はカッと目を見開くと、バネ仕掛(じか)けの玩具(おもちゃ)のような勢いでその場に跳ね起きた。

「わ、私は……一体……？」

そして目をぱちくりとさせながら、辺りを見回す。

その口調、そしてその表情は、無色のよく知る瑠璃のものだった。

どうやら、本当に元に戻ってくれたようだ。安堵(あんど)と歓喜を覚えるも――皆の前でガッツポーズをするのは彩禍らしくないと判断し、悠然と微笑(ほほえ)むにとどめる。

「やあ、瑠璃。おはよう。気分はどうだい？」

「……！　魔女様――」

無色が言うと、瑠璃はすぐさまこちらに向き直り、その場に膝を突いてみせた。

「──お久しぶりです。許可もなく欠席を繰り返してしまい、申し訳ありません」

「なに、気にすることはないさ」

無色はちらと浅葱の方を一瞥すると、言葉を続けた。

「それより、雑談はこれくらいにしておこう。今は授業の時間だからね？」

「──はっ」

その視線と言葉のみでこちらの思考を察したように、瑠璃が短く答えてくる。

無色は満足げにうなずくと、再度背中を瑠璃に向けた。

「では、改めてわたしの背中にローションを塗ってくれるかな？」

「ア……、ア……ッ……」

するとその瞬間、自我を取り戻したはずの瑠璃が、またもゾンビのような声を発する。

「ややこしくなるのでお控えください」

状況を察してか、黒衣が駆け寄ってくると、勢いよく無色の背中にローションを叩きつけていった。

「さて──」

瑠璃が落ち着くのを待ってから、無色は授業を再開した。

瑠璃との接触という最低限の目標を達したとはいえ、仮にも特別講師を買って出た以上、彩禍に中途半端な真似はさせられなかったのである。

「では改めて、授業に入ろうか。――そうだな、君」

「は……はいっ！」

無色が手近な生徒を指さしながら言うと、その生徒は緊張した面持ちで声を上げてきた。

「はは、そう緊張することはないよ。――通常、海上及び海中での戦闘に際しては、〈方舟〉では主に何を用いるかな？」

「え、ええと……エアリアル・デバイスでしょうか」

言いながら、水着の首元につけられたチョーカーのようなものに触れる。

エアリアル・デバイスは、第四世代魔術に当たる魔術装置の一つで、身体の周囲に薄い空気の膜を作り出し、海中、及び真空空間での呼吸及び行動を可能にする機械だという。

――無色は昨日までその存在さえ知らなかったが、黒衣に教えてもらっていた。

「そう。それが一般的だ。だが、戦いは水物。常に万全の態勢が整えられるとは限らないし、不慮の事故が起こる可能性もある。耐水圧液剤を十分身体に塗布できるのも、今が訓練の時間だからに他ならない。

「──そこで今回は、それらが使えない非常時の際の裏技を一つ伝授しよう」

無色は人差し指を立てながら、聞き取りやすいはっきりとした語調でそう言った。

彩禍のイメージを崩さぬよう、自信満々で喋(しゃべ)っているが、内容は昨晩黒衣に伝授されたものである。

曰(いわ)く、顕現術式の訓練などは普段からやっている。せっかく外部から講師を招いて特別授業をするのなら、いつもは得られない知識の方が喜ばれるのでは──とのことだ。

特別講師をするというのは、あくまで〈方舟〉に大手を振って潜入するための方便だったはずなのだが、やるからには手を抜かないというのが彼女らしくはあった。かっこいい。

「──黒衣」

「はい」

無色が名を呼ぶと、黒衣が短く応え、一歩前に進み出た。

「では、彩禍様に代わりまして、わたしが実演させていただきます」

皆の視線が、黒衣に注がれる。

しかし黒衣は、さして緊張した風もなく、至極落ち着いた様子で目を細めた。

「──空圧結界(風よ護れ)、範囲展開(我が身に集い)、一七〇・七〇・六〇(境界を隔てる壁となれ)──」

そして、呟(つぶや)くように、その言葉を唇から紡(つむ)ぎ出す。

「今のって……」

「『呪文』でしょ。ほら、第二世代魔術の構成式よ。授業でやったじゃない」

「ああ、そういえば……」

その様子に、〈方舟〉の生徒たちの間に、小さなざわめきが巻き起こる。

皆の注目を浴びながら、黒衣は、〈方舟〉の外縁――海の方に向かって走っていった。

そしてそのまま、〈方舟〉と海を隔てる空気の壁にダイブする。

空気の壁は一瞬、とぷん、と揺らめくと、黒衣の身体を外部の海中へ放り出した。

〈方舟〉を覆う空気の膜は、基本生身で突破できるような強度ではないのだが、海中戦闘の実習を行う練武場の一角は、境界に特殊な処理が施されているらしかった。――なるほど、海岸のような形状の練武場や、水着のような訓練服にも、一応意味はあるようだ。

「え……っ⁉」

「デバイスもなしに外海へ⁉」

「空気もありませんし、ローションを塗布しているとはいえ水圧が――」

生徒たちが驚愕に目を見開く。

が、黒衣は平然とした様子で、海中にぷかぷかと漂っていた。

よく見ると、彼女の身体の周りに、うっすらと空気の膜が生じていることがわかる。

〈方舟〉の中にいるときは気づかなかったが、水中に移動したことにより、その境界がはっきりと見取れるようになったのだろう。

黒衣はしばしの間、海中で静止したり、周囲を旋回したりしたのち、無色たちの元へ戻ってきた。

ちなみに、その髪や身体は、一切水に濡れていなかった。

「――いかがでしたか」

黒衣が言うと、唖然としていた生徒たちが、一斉にパチパチと拍手をした。

「今のって……」

「呪文で魔術を発動させた――ってことですよね？」

生徒たちの質問に、黒衣は「はい」と答えた。

「三小節構成式にて、身体の周囲に簡易結界を生成し、空気を滞留させました。もちろんエアリアル・デバイスほどの精度と効果はありませんが、数分程度の活動は可能です。海中での呼吸、活動に関しては様々方法がありますが、構成式の展開速度と効果時間のバランスを突き詰めていくと、これがもっとも効率的かと存じます。最低限の魔力操作が可能ならば、呪文を丸暗記しておくだけでも緊急時には役立つかと。第四世代の魔術装置や、第五世代にあたる顕現術式が一般的になってからはあまり使用されなくなった技術ではありますが、製造、整備に極めて専門性の高い知識と設備が要される魔術装置や、個々人の資質に効果が左右される顕現術式に比べ、汎用性に優れるという利点があります。何より構成式のカスタマイズが容易である点が素晴らしい。可能な限り文字数を削りながらも、制御効率を落とさないように文言を調整するのには、詩歌にも似た風情があり――」

と、珍しく早口で言葉を並べていた黒衣は、そこで皆のポカンとした表情に気づいたのか、コホンと咳払いをした。

「――と、彩禍様が仰っておられました」

「ああ……うん」

黒衣の言葉に、無色はこくりとうなずいた。

発言を押しつけられたように見えなくもなかったが、「彩禍が言っていた」という点に間違いはなかったのである。

普段クールな侍従を演じている彼女ではあるが、好きなものの話だと止まらなくなってしまうようだ。――ここにきて新たな一面を覗かせてくるとは。黒衣のポテンシャルに震えが止まらない無色だった。

「さあ、せっかくだ。皆も試してみようか。まずはここで――」

――と。

そこで、無色は言葉を止めた。

理由は単純。空気の壁でドーム状に覆われた〈方舟〉の中に、けたたましい警報の音が鳴り響いたからだ。

「……！」

「これは──」

生徒たちが表情に警戒の色を滲ませる。

その音には覚えがあった。〈庭園〉の中でも、時折鳴り響くものだ。

つまりは──

「──滅亡因子」

「そのようです」

無色が言うと、黒衣が静かに首肯してきた。

すると次の瞬間、上空──海中に巨大な花のようなものが現れたかと思うと、その花弁が、〈方舟〉を覆う空気の壁を鷲づかみにするかのように広がった。

外部から加えられた力と、〈方舟〉を包む空気の圧力とがせめぎ合い、耳障りな音を立てる。

「きゃあっ⁉」

「な、なんですの―⁉」

突然のことに、生徒たちが狼狽の声を上げる。

「……！」

そこで、無色はようやく気づいた。――〈方舟〉上空に現れたものが、放射状に広がった、幾つもの吸盤を持つ触手の群れであることに。

「あれは――」

「――滅亡因子三〇二号：〈クラーケン〉。海に現れる滅亡因子としては、比較的出現頻度の高い種です。ですが――ここまで巨大なものは珍しいですね。早めに対処しなければ危ないかもしれません」

黒衣が淡々とした調子で説明してくる。危機的状況ではあるはずなのだが、彼女に焦りのようなものは微塵も見受けられなかった。

するとそこで一人の少女が、無色と黒衣のもとに駆け寄ってきた。――瑠璃だ。

「――魔女様！」

「ああ、瑠璃。なかなか大きな〈クラーケン〉だね。〈方舟〉に被害が出る前に対処してしまおう」

無色が、たった今黒衣から仕入れた知識をそのまま告げると、瑠璃が首肯してきた。

「はい。魔女様のお手を煩わせるまでもありません。ここは私が――」

「――いえ、その必要はありません」

と、瑠璃の言葉を遮るように発された声に、無色は目を丸くした。

声のした方向を見やると、そこに浅葱の姿があることがわかる。

「浅葱――」

「はい。海での荒事は〈方舟〉の専門分野です。ここは我々にお任せください」

言うと、浅葱は号令をかけるように、右手を高らかに掲げた。

「――開始」

するとそれに応ずるように、〈方舟〉の外縁部から、魚雷のようなものが幾つも射出される。

否――違う。目を凝らすと、それら一つ一つが、目の前に立つ浅葱と同じ風体をした少女たちであることがわかった。

その数、実に三〇は下るまい。

エアリアル・デバイスによる空気の結界をその身に纏った少女たちは、夜空を駆ける流星の如きスピードで、海中に軌跡を描いていった。

「――用意」

浅葱が、静かに呟く。

すると海中に展開した風紀委員たちが、巨大な〈クラーケン〉を囲うように展開し、一糸乱れぬ動作で、一斉に右手を掲げた。

次の瞬間、彼女らの頭部に二画の界紋が現れ——その手の中に、光り輝く投擲槍を思わせる武器が生じる。

「——射出」

短い指令とともに、少女が掲げていた手を振り下ろす。

同時、寸分違わぬタイミングで、風紀委員たちが第二顕現の槍を投擲した。

無数の光の槍が、四方八方から〈クラーケン〉に突き刺さる。

巨大な滅亡因子は苦しげに触手を蠢かせていたが、やがてその動きを止め、海流に攫われるように〈方舟〉から離れていった。

「ほう……」

数瞬の間に起こった出来事に、思わず目を見開く。

「……鮮やかですね。これほど息の合った連携はお目にかかったことがありません」

「恐縮です」

黒衣が言うと、仮面の少女は恭しくお辞儀をしてみせた。

そして、視線のわからないその顔をこちらに向けて、続ける。

「――瑠璃様は婚礼をお控えになられた大切なお身体。間違ってもお怪我(けが)などさせるわけにはまいりません。

我々風紀委員(アズールズ)、如何なる脅威からも御身をお護りする所存にございます」

「…………」

浅葱の宣言に、無色はぴくりと眉を揺らした。

だがそれも当然だ。浅葱の言葉は――無色たちが何をしようと、決して瑠璃を〈方舟〉から逃がさない、と言っているかのようだったのである。

が――次の瞬間。

「…………！」

辺りに地鳴りのような音が鳴り響いたかと思うと、〈方舟〉全体が大きく震動した。

「なんだ、これは……！　滅亡因子は今倒したはず――」

「――委員長！」

浅葱が息を詰まらせると、そこに仮面と外套(がいとう)を身につけた風紀委員の少女が一人、走り寄ってきた。

「一体何ごとだ」

「下です！　海底に、もう一体〈クラーケン〉が……！」

「なんだと──？」

浅葱が声を上げると同時。

地鳴りのような音とともに、〈方舟〉外縁部に、幾つもの巨大な影が揺らめいた。

高層ビルもかくやという大きさを誇る『何か』が、〈方舟〉を包み込むように海底から生えてきたのである。

──それが、巨大に過ぎる『触手』であることに皆が気づいたのは、〈方舟〉が完全に包囲されたあとのことだった。

「馬鹿な、なんだこの大きさは……！」

浅葱が声に狼狽の色を滲ませ、叫びを上げる。

だがそれも無理からぬことだろう。その滅亡因子は、先ほどの〈クラーケン〉とは比べものにならない大きさだったのである。

しかもその一〇の足は今、手の平で小さなボールを握りしめるかの如く〈方舟〉を取り囲んでいる。このまま締め付けられたなら、〈方舟〉そのものが崩壊してしまいかねなかった。

「〈方舟〉内の全風紀委員に通達！　学園長にも協力要請を──」

「──いや、それには及ばないさ」

しかし。

無色は至極落ち着いた声でそう言うと、慌てる浅葱の肩を優しく叩いた。

「……！　久遠崎学園長──」

確かにあの滅亡因子は脅威だ。このまま放っておけば、〈方舟〉は破壊されてしまうやもしれない。そうなれば、ここに住まう何人もの生徒たちが海に放り出されることになる。

だが無色はその顔に、一切の焦燥も、狼狽も滲ませなかった。

何しろ今ここには──

世界最強の魔術師が、いるのだから。

「この上ない授業の機会だ。皆、見ておきたまえ。

──久遠崎彩禍の戦いというものを」

無色は悠然と微笑みながら言うと、トン、と砂浜を蹴って空に舞い上がった。

無色自身は、魔術師としては未熟も未熟、まだ見習いのようなものだ。

けれど今無色が宿っているのは、紛れもなく世界最強の身体だったのである。

「──────」

無色はそのまま〈方舟〉を包む空気の壁を抜けると、海中へと飛び出した。

そして、その頭上に、四画の界紋を展開させる。

「――万象開闢。斯くて天地は我が掌の中」

極彩色に光り輝くそれは、あたかも魔女の帽子のように見えた。

無色は眼下に広がる光景――〈方舟〉を握りしめんとする巨大な〈クラーケン〉の触手を見据えると、ゆっくりと手を掲げ、その言葉を唱えた。

「恭順を誓え。

おまえを――花嫁にしてやる」

瞬間。

世界が、変貌した。

何の比喩でも冗談でもない。無色の周囲に広がっていた海底の景色がぐにゃりと歪んだかと思うと、それがまったく別のものに作り替えられていったのである。

――第四顕現。現代魔術師の到達点にして、顕現術式の極致。

己を中心に世界を塗り替える、最大最強の術である。

辺りに広がったそれは、溶岩煮え滾る赤熱の洞穴だった。呼吸一つで肺が灼かれるであろう、地獄の釜の底。一切の生物を拒絶するかのような、凄酷なる環境。

そんな極限の世界に。滅亡因子が放り出される。――長大に過ぎる触手の持ち主は、鯨さえも一呑みにしてしまいそうなほどに巨大な軟体動物の化生であった。

無色はゆっくりと手の平を翻すと、そのままきゅっと握りしめた。

するとその動作に合わせるように、辺りの景色が螺旋状に凝縮していき——

その圧倒的な質量で以て、滅亡因子〈クラーケン〉を圧殺した。

「ふ——」

握っていた手を緩め、硝煙を吹き消すかのように、ふっと吐息を一つ。

それと同時、辺りの景色が元のものに戻っていく。

無色はそのまま〈方舟〉に降り立つと、皆に向けてにこやかに微笑んでみせた。

『…………！』

呆然とその光景を眺めていた生徒たちが、ようやく状況を理解したかのように目を見開き、羨望と畏怖の混じった表情を浮かべながら歓声を上げてくる。無色は大仰にうなずきながら、そちらに手を振った。

「——お見事です、彩禍様」

「ああ」

そして、黒衣の言葉に短く応えながら、その場に立ち尽くす浅葱のもとに歩みを進めると、にこやかに笑みを浮かべた。

「所属機関が違うとはいえ、わたしたちは同胞だ。そう無理をせず頼ってくれ。――瑠璃を守りたいという気持ちは、わたしも一緒なのだから」

そして、先ほどの意趣返しをするようにそう言ってみせる。

すると浅葱は、拳に力を込めるようにしながら、無色の顔を見返してきた。

「……ええ、そうですね。お互い、力を尽くしましょう。――瑠璃様をお守りするために」

「ああ、そうだね」

言葉は静かに。語調は穏やかに。されど空気は剣呑(けんのん)に。

無色と浅葱は、仮面越しに視線を交わすと、どちらからともなく不敵に笑った。

◇

その日の夜。

夕食を終えた無色と黒衣は、来賓用宿舎最上階に用意された彩禍の部屋にいた。

一応扱いは賓客であるため、食事は上等なものであったし、部屋の豪華さは見ての通りだ。加え、何か用があればすぐに風紀委員(アズールズ)が駆けつけてくれる。もしもこれがただの観光であったなら、文句の付けようのない快適さだった。

「……さて。あとはどうなるか、だね」

「はい」

けれど無色と黒衣は、あまり和やかとは言えない表情で、言葉を交わしていた。

――結局あのあと、事後処理と〈方舟〉設備の損傷確認のためという名目で授業は中断されてしまい、瑠璃と引き離されてしまっていたのである。

半ば騙し討ちのような形で瑠璃とのコンタクトに成功した無色ではあるが、次からは浅葱たちも警戒を強めてくるだろう。また同じ手が通用するかどうかは未知数であった。

となると、仕込んだ策が成功することを祈るしかない。無色は黒衣が淹れてくれた紅茶を一口啜ってから、ふうと温かい息を吐いた。

と――

「…………！」

そこで、控えめに扉をノックする音が聞こえ、無色はぴくりと表情を動かした。

「――開いているよ。入ってくれ」

無色が言うと、ゆっくりと扉が開き、一人の少女が部屋に入ってくる。

その姿を見て、無色は思わず椅子から立ち上がった。

「瑠璃――」

そう。そこにいたのは、部屋着を纏い、サンダルを突っかけた瑠璃だったのである。

無色は、感慨深げに息を吐いた。

「——よかった。よくわたしのメッセージに気づいてくれたね」

「は、はい……！　それはもう！　魔女様の意図、察せぬ私ではありません！」

瑠璃が、興奮した様子でぐっと拳を握ってくる。

そう。実は今日の授業中、無色たちは瑠璃の背中を指でなぞることで、とある情報を伝えていたのだ。

この部屋に宿泊していること。この部屋に至るまでのルート。そして、ヒルデガルドに頼み、その間に存在する監視カメラを無力化してもらっていることを。

かなり危うい橋ではあったが、見事瑠璃は渡りきってくれたようだ。

そんな瑠璃の様子を見てか、黒衣がほうと息を吐く。

「どうやら、暗示は完全に解けたようですね」

「暗示？　何のこと？」

が、瑠璃は黒衣が何を言っているのかわからないといった様子で首を傾げた。

「……？　青緒さんに何らかの暗示をかけられていたのではないのですか？　昨日わたしたちが瑠璃さんをお見かけしたときは、別人かと思うほど虚ろな顔をなさっていましたが」

　黒衣が言うと、瑠璃はうんざりしたような顔で「ああ……」と息を吐いた。

「それはそうよ……だって〈庭園〉を出てからずっと、魔女様に会えてなかったんだもの。スマホも取り上げられちゃったから写真も動画も音声も摂取できなくて……たとえるなら一週間絶食させられてたようなものよ。そりゃ元気もなくなるでしょ」

「食事扱い」

「呼吸っていった方がより近いかもしれないわ」

「それは死んでいるのでは」

　黒衣は淡々と返しながら、もう一度首を傾げた。

「ならば昼の授業での様子がおかしかったのはなぜですか？」

「いや、だっていきなり魔女様の水着姿とか……そりゃ最高に眼福だったけど、一週間絶食したあとにいきなりシャトーブリアンのステーキとか食べられるわけないでしょ……まずは重湯（おもゆ）あたりから始めさせて……」

「重湯」

「そうね……具体的には、魔女様をモチーフにしたドットアートを鑑賞するとか、〈庭園〉の売店で買ったハンカチの匂いを嗅ぐとかから始めて、徐々に慣らしていく感じで」

「彩禍様の写真や私物のハンカチでは駄目なのですか」

「そ、そんなのもう重湯じゃなくてお米でしょ！　空っぽの胃には刺激が強すぎるわ！」

瑠璃が頬を染めて「きゃー！」と声を上げる。

「……では、彩禍様の背に触れた際に自我を取り戻したように見えたのは」

「なんか許容量を超えちゃって強制シャットダウンみたいな？　まあでも、おかげで頭はスッキリしたわ」

「なるほど」

無色は理解を示すようにうなずいた。

「…………」

黒衣は考えを巡らせるような顔をしていたが、やがて理解を諦めたように「そうですか」と言った。

「ということは――これは瑠璃さんではなかった、ということでしょうか」

黒衣がポケットからスマートフォンを取り出し、とある動画を再生してみせる。――〈庭園〉に送られてきた、瑠璃の映像を。

「は――」

瑠璃はポカンとした様子でそれを見つめていたが、やがてくわっと目を見開いた。

「何よこの動画は……！　こんなこと言った記憶も、撮られた記憶もないわよ！」

そして、憤然とした調子で声を荒らげる。

その様子に、無色は小さく息を吐いた。

「やはりフェイクか」

「そのようですね。騎士ヒルデガルドが見抜けなかったということは、映像編集以外の方法を使ったのでしょうか」

と、無色と黒衣が言っていると、瑠璃が何かに思い至ったようにハッと肩を揺らした。

「こんな動画が〈庭園〉に……？　ま、まさか魔女様、このような場所にいらっしゃったのは――」

「ああ。わたしもこれが本物とは思えなくてね。――可愛い弟子の本心を確かめにきたのさ。もしも君が不条理に晒されようとしているのなら、黙って見ているわけにはいかないだろう？」

無色がぱちりとウインクをしながら言うと、瑠璃は手で口元を覆い、感極まったように涙を流し始めた。

「そ、そんな……私などのために……！　く……っ、うう……っ、身に余る光栄にございます……っ！」

言って、五体投地しかねない勢いで地に伏す。

と、いつまでも話が進まないと思ったのか、そこで黒衣が、こほんと咳払いをした。

「とにかく、瑠璃さんの無事と、その意思は確認できました。ならば、次は具体的な方策を定めましょう。──この縁談を破談にし、瑠璃さんを〈庭園〉へ連れ帰るために」

「ああ、そうだね。だが、ここからが難題だ。一体どうするつもりだい」

無色が問うと、黒衣は考えを巡らせるようにあごに手を当てた。

「一つ、考えがあります。ですが──この方法を行うためには一つ問題が」

「ふむ……どんな方法か聞いてもいいかな？」

「はい。まずは──」

黒衣が、簡潔に作戦を説明してくる。

その内容に、無色はなるほどとうなずいた。瑠璃もまた、少し頬を染めながらも、納得を示すように首肯する。

「面白い。確かに、試してみる価値はあるかもしれない」

「で、でも魔女様。一体誰にやってもらうんですか？　この〈方舟〉にはそんな人……」

瑠璃が躊躇いがちに無色を見てくる。──しかし。

「──一人、心当たりがある。わたしに任せてはくれないかな？」

無色は、自信ありげにそう言った。

◇

翌日。〈虚の方舟〉中央学舎、学園長室で。

学園長・不夜城青緒は、たっぷり間を取ったのち、大仰に首を傾げてきた。

「…………ふうん？」

「もう一度聞かせてもらえるかしら、瑠璃」

そして、御簾越しに、静かな調子で声を響かせてくる。

至極穏やかで、落ち着いた語調。別に不快感や怒気を孕んでいる様子もない。実際彼女自身、相手を威圧しようと意識しているわけではないだろう。

けれど彼女と向き合った瑠璃は、その一言一句に、凄まじい圧力を感じずにはいられなかった。

それもそのはず。今瑠璃の目の前にいるのは、不夜城家における絶対的権力者にして、世界でも五指に入るであろう力を持つ魔術師なのである。

「……っ」

しかし、だからといって引き下がるわけにはいかない。瑠璃は頭を押さえ付けられるかのような重圧を撥ね除けるように拳を握り、言葉を続けた。

「はい。以前も申し上げました通り、此度の縁談、お受けすることはできません」

瑠璃が言うと、青緒は細く息を吐いた。

「――それで？」

やれやれといった調子で肩をすくめ、続けてくる。

「この私にわざわざ時間を取らせて、言いたいことはそれだけ？　その問答は、あなたが〈方舟〉にきたときに済ませたと思ったのだけれど」

「それは――」

瑠璃は眉根を寄せながら、呻くように声を漏らした。

確かに瑠璃が〈方舟〉に乗り込んですぐ、青緒には同じことを訴えていた。――無論、聞く耳も持たず突っぱねられたが。あのやりとりを以て「問答は済んだ」と言われたのでは、瑠璃としてはたまったものではない。

しかし青緒は本当にそう思っているのだろう。聞き分けのない子供に言い聞かせるかのような調子で、言葉を続けてくる。

「あまり我が儘を言わないでちょうだい、瑠璃。あなたも魔術師なら、力ある血を絶やしてはいけないことくらい理解できるでしょう？」

「それは……理解しています。生涯結婚をしないとも、子供を作らないとも言っていません！　ですが私はまだ若輩者ですし、何より顔も知らない相手と結婚だなんて――」

「あなたは当代の不夜城家でも随一の才媛。厳しいことを言うようだけど、あなたの身体はあなただけのものではないの。あなたも不夜城の女なら聞き分けてちょうだい。

それに、お相手は私の選りすぐった最高の魔術師よ。きっとあなたも気に入ってくれるはずだわ。

それとも――何か他に、結婚できない理由でもあるのかしら？」

「………………！」

青緒の言葉に、瑠璃はピクリと眉を揺らした。

――仕掛けるタイミングはここしかない。意を決して、首を前に倒す。

瑠璃は、ドキドキとリズムを刻む心臓を抑えながら、用意していた言葉を発した。

「――はい。実は私には……既に心に決めた相手がいます」

「……ふうん？」

瑠璃が言うと、青緒はどこか疑るような声を発してきた。

「もう将来を誓い合った恋人がいるっていうの？」

「は……はいっ」

恋人、という単語に気恥ずかしさを覚えつつも、力強く返す。

すると青緒は、値踏みをするかのように首を傾げた。

「……一応聞くけれど、そのお相手は一体どこのどなた？」

想定通りの質問だ。瑠璃はこくんと喉を鳴らしたのち、言葉を続けた。

「実は――今、ここに来ています」

「え？」

さすがにこれは予想外だったらしい。瑠璃の言葉に、青緒が意外そうな声を上げる。

――青緒が冷静さを取り戻す前に畳みかけるしかない。瑠璃は青緒の言葉を待たず、後方の扉に向かって声を上げた。

「――入ってきて！」

するとそれに応じるように学園長室の扉が開かれ、一人の少年が部屋に入ってきた。

色素の薄い髪。優しげな双眸。中性的な面――

少年は緊張した面持ちで瑠璃の隣まで歩いてくると、青緒に向かって丁寧に礼をした。

「初めまして、不夜城学園長。

――瑠璃の恋人の玖珂無色です」

少年――無色の言葉に。

「…………ぐはっ！」

覚悟を決めていたはずの瑠璃は、顔を真っ赤にしながら、吐血するかのような調子で咳き込んだ。

◇

時は、昨夜に遡る。

「――な、なななななななななななななななななな――――」

彩禍の部屋で、瑠璃は両手を戦慄かせながら声を震わせていた。

「なんであんたがここにいるのよっ！」

そして、ビッと人差し指をこちらに向け、叫んでくる。

だが、それも当然といえば当然の反応ではあった。

――何しろ今ここに立っているのは、本来の姿へと戻った無色だったのだから。

そう。先ほど黒衣とともに部屋を出た無色は、空き部屋で手早く存在変換を済ませてもらい、再びここへ舞い戻っていたのである。

「ええと……まあ、なんというか」

「――もちろん、わたしたちと一緒に〈庭園〉からやって来たのです」

無色が回答に迷っていると、黒衣が助け船を出すように言ってきた。

実際、間違ったことは言っていない。それに同調するように、こくこくとうなずく。

「そうそう。瑠璃が心配でさ。でも、無事でよかった」

「な……っ、何小っ恥ずかしいこと言ってんのよ！」

無色が言うと、瑠璃は頰をかぁっと赤くし、ぷいと顔を背けた。

それから数秒。瑠璃は落ち着きを取り戻すように深呼吸をすると、そっぽを向いたまま言葉を続けてきた。

「……悪かったわよ、心配かけて。私も、もっと早く帰れると思ってたんだけど」

「瑠璃のせいじゃないよ」

「……そりゃあね。いつまでも時代錯誤の本家が全部悪いってのは私もわかってるけど。でも、魔女様にまでご足労いただいて――」

と、そこで瑠璃が、何かを思い出したようにぴくりと眉を揺らした。

「あれ？　そういえば魔女様は？　さっき黒衣と一緒に出ていったわよね？」

「……………」

「…………」

瑠璃の言葉に、無色と黒衣は無言になった。

その不自然な沈黙に、瑠璃が不安げに肩を震わせる。

「な、何よ二人して。何か変なこと聞いた……？」

「──いえ。彩禍様は所用があられるとのことで、少々席を外しています」

「そうなの？　……って、なら私たちが別の場所に移動するべきじゃない？」

瑠璃が慌てたように部屋を出ようとする。無色と黒衣は瑠璃の前に回り込んでその進行を止めた。

「大丈夫。彩禍さんには許可をもらってるから」

「はい。先にわたしたちで作戦会議を進めておいてほしい、と言付かっています」

「そ、そうなの……？」

瑠璃は不安そうにしながらも足を止めたが──すぐに肩を震わせ、黒衣の方を向いた。

「ちょっと待った。作戦って、さっき言ってた話のことよね。まさか魔女様の心当たりって無色のこと⁉」

そして、頬を赤くしながら叫びを上げる。

とはいえそれも無理からぬことだろう。何しろその作戦とは──

「はい。先ほど申し上げましたとおり、魔術師とはいえ、基本的に重婚は許されません。もしも瑠璃さんに、既に将来を誓い合った恋人がいるとなれば、相手の出方も変わってくるのではないでしょうか」

黒衣が、淡々と言う。瑠璃の顔がさらに赤くなった。

「な、なななななななななんでよりにもよってその相手が無色なのよっ！」

「では逆に聞きますが、無色さん以上の適任者がいますでしょうか。ここは〈虚の方舟〉。不夜城青緒学園長が支配する女の園。男性はおろか、青緒さんに意見しようという方自体存在しないのでは？」

「で、でも、私と無色は兄妹(きょうだい)なんだけど⁉」

「ふむ。だから結婚はできないと」

「そうは言ってないでしょうがぁぁぁぁっ！」

黒衣の言葉に、瑠璃が真っ向から反論する。なぜか今までになく力強かった。

「稀(まれ)なケースではあるけど、魔術師の家系は血を維持するために近親婚をすることもあるわ！　遺伝子的問題は一世代程度なら魔術で解決可能よ！」

「えっ、そうなんだ。すごい」

無色が素直に感想を述べると、なぜか瑠璃が顔を真っ赤に染めた。

「勘違いするんじゃないわよ！　私は客観的事実を述べただけだからね！」

「え？　あ、うん」

無色がうなずくと、黒衣が気を取り直すようにコホンと咳払いをした。

「つまり、問題ないということですね」

「ぬぐ……っ……！」

瑠璃が悔しげに声を漏らす。何しろその論拠を示してしまったのが自分自身なのだ。反論も難しいだろう。

「で、でも……そもそも、無色はどうなのよ！　い……嫌じゃないの？」

言いながら、瑠璃が無色の方を見てくる。その視線には、先ほどまでのような勢いは感じられず、その代わり恐る恐る無色の顔色を窺うかのような様子が見受けられた。

「俺は――」

無色は目を伏せながら考えを巡らせた。

――無色は無色で、心に決めた人がいる。もちろん色よい返事をもらえるかどうかは未知数であるが、そんな彼女の目の前で、別の相手と恋人の振りをすることに、全く抵抗がないといえば嘘になった。

だが――それが他ならぬ瑠璃を助けるためというのなら、話は別だ。

「もちろん、嫌なんかじゃない」

無色は決意とともに言うと、瑠璃の目を見据え、手を取った。

「——是非、俺に恋人役をやらせてほしい」

「ふぇっ……!?」

無色の言葉に。

「ひゃ、ひゃい……」

瑠璃は目をぐるぐるさせながら、了承の言葉を漏らした。

◇

——という経緯を経て、現在へと至る。

無色は微かな緊張の中、瑠璃の隣に立ちながら、この海の城の支配者と向き合っていた。

不夜城青緒学園長は、先ほどから無言で無色の方を見てきている。

御簾に覆い隠されているためその表情は窺い知れなかったが、呆気に取られているであろうことは何となく感じ取れた。

とはいえ、それも当然だろう。

何しろ瑠璃がいきなり、将来を誓い合った恋人を連れてきたというのだから。

「…………」

青緒はしばしのあいだ押し黙ると、何やらごそごそと手を動かした。
すると次の瞬間、学園長室にけたたましい警報が鳴り響く。

「えっ」

無色が驚いていると、部屋の扉がバタンと開き、数名の風紀委員が踏み込んできた。

「お呼びですか、学園長」

「ええ。不法侵入者よ」

そして、冷酷な調子でそう言ってくる。無色と瑠璃は思わず目を見開いた。

「え……ええっ⁉」

「ちょっと待ってください！　話くらい――」

瑠璃が言いかけると、青緒が御簾の向こうから、扇子で無色を指してきた。

「いろいろと言いたいことはあるけど、なんで男子が〈方舟〉にいるの？　入園許可を出した覚えはないのだけど」

「…………、あっ」

言われて、無色は汗を垂らした。

そういえばそうだった。作戦のことに気を取られすぎていて、肝心の前提が抜け落ちてしまっていたのである。

瑠璃が隣で「えっ⁉」という顔をする。

「……ちょっと、魔女様たちと一緒に来たんじゃないの？　……密航？」

「いや、その、まあ……あまりに瑠璃が心配で」

「……うが……」

と、無色と瑠璃が小声でやりとりしていると、青緒がふうと息を吐いてきた。

「とにかく、これは恋人云々以前の問題ね。——ご退場願って」

『はっ』

青緒の指示に従い、風紀委員たちがじりじりと距離を詰めてくる。

瑠璃が無色を守るように手を広げた。

「待ってください、当主様！　無色はただ私を助けようとして……！」

「私には関係のないことよ。一体どうやって忍び込んだのか知らないけれど——」

と。そこで青緒が言葉を止めた。

「無色……無色ですって……？」

そして、訝しげに無色の名を呼んでくる。無色は意外そうに目を丸くした。

「……まさかあなた、藍の子？」

藍。それは確かに、無色の母の名前だった。

「は、はい……俺のこと、ご存じなんですか？」

「…………」

無色が答えると、青緒は数瞬の間思考を巡らせるように無言になったあと、続けてきた。

「……まあ、ね。不夜城の血脈、特に本家筋から一親等以内に男児が生まれるのは極めて珍しいし」

「そうなんですか」

無色が素直に反応を返すと、青緒は何やら意味深にあごを撫でてみせた。

「ふうん――そう。あの子が……ね」

「…………？」

青緒の反応に首を傾げる。

が、無色がその疑問を口に出す前に、青緒が大仰に手を払った。

「――いいわ。下がってちょうだい」

「よろしいのですか」

「ええ。男子ではあるけれど、一応は不夜城の縁者よ。特例として追い出すのだけは勘弁してあげる」

「……御意」

風紀委員は礼をすると、そのまま扉から出ていった。

学園長室には先ほどと同じく、三人のみが残される。

「――それで」

しばしの静寂のあと、御簾の奥から、青緒が言葉を続けてきた。

「藍の子っていうことは、あなた、瑠璃のお兄さんよね。……つまり、兄妹で愛し合っているっていうの？」

「はい」

「ぐはっ」

青緒の問い掛けに無色が答えると、その隣で瑠璃が胸元を押さえながら身を捩った。

「瑠璃は俺が幸せにします」

「ぷぎゃっふ！」

「俺は、瑠璃を心から愛しているんです」

「おぴょきょべっ‼」

「だから、どうか俺と瑠璃を結婚させてください！」

「くぁwせdrftgyふじこlp」

無色の言葉に合いの手を入れるかのように、顔を真っ赤にした瑠璃が、喉の奥から奇声を漏らす。青緒が困惑するように首を傾げた。

「なんだか瑠璃が隣でダメージを受けてるみたいだけど」

「瑠璃はだいたいいつもこんな感じです」

「そ、そう」

無色がきっぱりと断言すると、青緒は小さく咳払いをした。

そんな瑠璃に、青緒が怪訝そうな声を上げる。

「瑠璃、本当？　結婚を逃れるための方便とかではなくて？」

「そ、それは——」

青緒の問いに、瑠璃が言い淀む。

まあ、気持ちはわからなくもない。やむを得ない事情があるとはいえ、実際言葉にするのは抵抗があるだろう。

「——瑠璃」

だが、ここは乗り越えねばならない。無色は澄んだ目で瑠璃の目を見つめた。

「……………！」

瑠璃はビクッと肩を震わせると、顔をトマトのようにしながら、辿々しく声を漏らした。

「ふ、ふぁい……瑠璃は、兄しゃまを……愛して……いまふ……」

「ふうん……そう」

それを聞いた青緒は、ゆっくりと息を吐くと、扇子をこちらに向けてきた。

「じゃあ、証拠を見せてもらえるかしら」

「証拠……？」

「ええ。そうね——今ここで、接吻(せっぷん)してみてちょうだい」

「……………っ」

「な——」

青緒の言葉に、無色と瑠璃は思わず息を詰まらせた。

——黒衣に術式を施されていない今であれば、キスで魔力を供給されることはないはずだ。この場で彩禍になってしまうということはないだろう。

けれど無色は彩禍に操(みさお)を立てた身。妹とはいえ、キスをすることに抵抗がないといえば嘘にはなった。

「………」

しかし。すぐに無色は思い直した。

無色の心の中のイマジナリー彩禍が、ふっと姿を現したのである。

『──何を躊躇う？　唇一つで、あの不夜城青緒が、決定している婚姻を覆すかもしれないというのに。それとも、君の決意はそんなものだったのかな？』

そう言って、半透明の彩禍が、無色の肩をポンと叩いてくる。

その微かな衝撃（想像）で、無色の覚悟は完了した。

優しく瑠璃の肩を摑み、自分の方へと引き寄せる。

「……！　む、無色……？」

「大丈夫、瑠璃。俺に任せて」

「…………っ！」

瑠璃がビクッと身体を震わせたのち、ゆっくりと目を閉じる。──どうやら、瑠璃も覚悟を決めてくれたらしい。

無色はゆっくりと、瑠璃に顔を近づけていった。

二人の唇が、互いの吐息が触れるくらいの距離まで接近する。

──次の瞬間。

「……って、できるかぁぁぁぁぁぁぁぁぁぁっ！」

顔を真っ赤にした瑠璃のアッパーカットをあごに食らい、無色は床に沈んだ。

◇

「……駄目だったわ」

「……駄目だったね」

彩禍の部屋に戻ってきた瑠璃と無色は、がっくりと肩を落としながらため息を吐いた。

「駄目でしたか」

二人の報告を受けて、部屋で待機していた黒衣は、普段と変わらぬ淡々とした調子で返してきた。

「はい……結構いい感じかと思ったんですけど。瑠璃も頑張ってくれましたし」

「……そ、そうね……」

無色が言うと、瑠璃は先ほどのことを思い出すかのように頬を染め、視線を逸らした。

「対策を立てたいところです。何があったのか教えていただけますか」

「はい。俺が、瑠璃を心から愛していますと言ったら——」

「具体的に再現するなぁぁぁぁぁっ！」

黒衣の要請に従って無色が答えると、瑠璃が悲鳴じみた声を上げながら、手近にあったクッションを投げつけてきた。

無色は顔面に直撃したクッションをソファに戻してから、黒衣に学園長室でのやりとりを説明した。

「──なるほど」

無色の説明を聞いた黒衣が、あごに手を当てながら、考えを巡らせるように呟く。

すると頬を赤くした瑠璃が、渋面を作りながら口を開いた。

「……悪かったわ。完全に私のせいよ」

「まあ、確かに瑠璃さんの行動はヘタレこの上ないですが」

「むぐ……」

とはいえ、と黒衣が続ける。

「キスを成功させていたなら、さらに無理難題をふっかけてきた可能性があります。あまり気になさらないでください。──今回は既に別の相手と婚姻が決まっている状態。青緒さんからしてみれば、それを袖にしてまで、わざわざ近親者との結婚を優先する理由はないということでしょう。

不夜城家は名門。相手も相応の家の子息と考えられます。もちろん、魔術師としての腕も重視されるかと」

「なるほど……」

黒衣の言葉に、無色は眉根を寄せた。

「つまり恋人役を立てるなら、今決まっている縁談を覆すくらい、家柄がよくて、強い力を持つ魔術師でないといけないってことですか」

「もちろん他にも条件はあるでしょうが、簡単に言うとそういうことになります。――問題は、そのような人がそうそういないことですが」

「えっ？　いるじゃないですか。完璧な人が一人」

『…………、え？』

無色が言うと、黒衣と瑠璃は、顔を見合わせるようにしながら目を丸くした。

◇

「…………ええと、もう一度言ってくれるかしら？」

それからおよそ三〇分後。

〈方舟〉中央学舎の学園長室では、不夜城青緒が頭を抱えるようなポーズを取っていた。

とはいえ、彼女の心境もわからないではない。

何しろ今学園長室を訪れていたのは――

「ああ。何度でも言おう。

──わたし、久遠崎彩禍は、不夜城瑠璃を心から愛している。

彼女との結婚を許してもらいたい」

極彩の魔女の異名を取る魔術師、久遠崎彩禍その人であったのだから。

──無論、中身は先ほどと同じく無色であるのだが、そんなことが青緒にわかるはずもない。

そう。彩禍ならば、家柄、実力、ともに文句の付けようがなかった。何しろ〈空隙の庭園〉学園長にして、魔術師としての力は世界最強と謳われるほどである。単純な条件のみで言うなら、彼女以上の人間は現在地球上に存在しないと言っても過言ではなかった。

ちなみに当の瑠璃は、無色の隣で恐縮しきるように肩を窄ませている。

別に声は発していないのだが、「わ、私ごときのために魔女様が……すみませんすみません……光栄すぎて焼死しそう……」といった様子がありありと伝わってきた。

「……本気で言っているの？　彩禍さん」

青緒が、大きなため息とともに、重苦しい声を発してくる。無色は大仰に首肯した。

「もちろんだとも。わたしと瑠璃は相思相愛さ。──そうだろう？　瑠璃」

「ひゃ……ひゃいっ！」

無色が優しく肩を抱くと、瑠璃は目をぐるぐるさせながら上擦った声を上げてきた。

「……な、なに……？　こんなことあるの……？　オーマイゴッデス……これは現実？　それとも夢？　瑠璃色の空にシューティンスター……」

などと、安い歌詞のようなフレーズをぶつぶつと呟く。

まあ、とはいえその気持ちもわからないではない。無色とて彩禍に同じことをされたなら、似たような反応を示してしまうだろう。

と、そこで青緒が、何かを思い出すように言ってきた。

「……でも瑠璃、あなたついさっき、お兄さんと愛し合ってるって言ってなかった？」

「……！　そ、それは――」

瑠璃が頬を赤くしながら声を漏らす。

しかし無色は、そんな瑠璃の言葉を遮るように続けた。

「――昔の話はやめよう。恋はいつでも唐突なものさ」

「……というかあの子、一体どこへ行ったの？　特別に許可したとはいえ、あまり男子に学内をうろつかれても困るのだけど」

「一体何の話をしているのかわからないな」

「…………」

無色の言葉に、青緒が黙り込む。まるで頭痛を堪えているかのようなポーズだったが、まあ気のせいだろう。

「……いろいろと言いたいことはあるけれど」

数十秒の沈黙ののち、青緒が再度声を上げてくる。

「なんだい？」

「……彩禍さん。あなた、女でしょ」

青緒は、クリティカルな言葉を述べた。

そう。家柄、実力ともに最高峰の彩禍ではあったけれど、唯一ネックとなる点がそこであったのだ。

とはいえ無論、そんな大きなポイントを事前に想定していないはずはない。無色は不敵に微笑んだ。

「同性同士のパートナーを認めないと？　そんな時代錯誤な考えを、君の口から聞きたくはなかったな」

「……別にそういうカップルを否定するつもりはないわ。でもそれだと、瑠璃の血を継いだ子供はできないわよね？　不夜城家としては、とても困るのだけど」

「ふむ――」

無色はあごを撫でながら続けた。

「ときに青緒」

「何かしら」

「iPS細胞という名に聞き覚えは？」

「彩禍さん？」

青緒が強く問い返すように言ってくる。無色は小さく肩をすくめた。

「――まあ、そのことはおいおい考えようじゃないか。のちのち、瑠璃にも心境の変化があるかもしれない。もしかしたら、わたしと別れて誰かと再婚――という可能性だって十分に考えられる。人の心は移ろうものだからね」

それが詭弁であることは、無色自身自覚していた。

要は、瑠璃がきちんと大人になり、自分で結婚相手を選ぶ時期になったなら、彩禍は身を引く――と言っているようなものなのである。青緒の用意した縁談を反故にするための口実と思われても仕方がなかった。

だが、その屁理屈じみた言葉も、久遠崎彩禍が口にしたなら道理となる。

無色はふっと口元を緩めると、不敵な視線を青緒に向けた。

「そういうわけさ。――もしも二人の仲を引き裂こうなどという不届き者がいたなら、何をしてしまうかわからないな」

「…………」

無色の宣言に、青緒は再度沈黙した。

しかし大きなため息ののち、瑠璃に顔を向ける。

「彩禍さんの言っていることは本当なの？　瑠璃」

「は……はい！　ミルキーウェイにフライアウェイ！」

瑠璃がビシッと敬礼しながら返す。言葉の意味はわからなかったが、肯定を示していることだけはなんとなく知れた。

すると青緒は、もう一度息を吐いてから扇子の先端を向けてきた。

「――じゃあ、ここで接吻して、二人の愛を証明してちょうだい」

そして、先ほど無色と瑠璃に課した難題をもう一度放ってくる。

「……っ」

「ふむ」

その言葉に、瑠璃は息を呑み、無色は微かに目を細めた。

想定内の要求である。既に無色も瑠璃も覚悟は完了していたし、黒衣も「非常時です。

躊躇(ためら)う必要はありません。思い切りいってください」とゴーサインを出している。

そう。つまり何も問題はなかったのである。

「──瑠璃。おいで」

無色は優しく囁(ささや)くと、そのまま瑠璃の肩に手を回した。

「ふゃっ⁉」

瑠璃が、頬を真っ赤に染めながら、声を裏返らせてくる。

しかし無色は構わず、そのあごをくっと持ち上げた。

「ま、ままままま魔女様……ッ」

「──嫌かい？」

「そ──ッ、そんなことは……！」

「なら、わたしに任せてくれ。大丈夫。心配はいらないよ──」

無色は甘い声で言うと、ゆっくりと瑠璃に唇を近づけていった。

──が、二人の唇が触れあう寸前。

「あっ────」

想像を超えた展開に、脳が限界を迎えたのだろう。

瑠璃の意識が、ミルキーウェイにフライアウェイしてしまった。

◇

「駄目だったよ」

「——申し訳ありませぇぇぇぇぇぇぇぇぇぇぇぇんっ！」

部屋に戻るなり、瑠璃は勢いよくジャンピング土下座を決めてきた。跳躍の高さ、飛距離、土下座の形、全てにおいて芸術点の高い演技だった。

そんな二人のやりとりから全てを察したように、黒衣がふうと息を吐いてくる。

「駄目でしたか」

「ああ。途中までは悪くなかったのだけれどね——」

無色が掻い摘まんで説明をすると、黒衣は「なるほど」と首肯してきた。ちなみにその間中、瑠璃は土下座の姿勢を微塵も崩さなかった。

「彩禍様でも駄目となると、どんな相手を連れていったところで、青緒さんに決定を覆す気はなかったということでしょう。——瑠璃さん、お顔を上げてください。もし成功させていたとしても、また無理難題を課されていた可能性が高いです」

「ほ、本当……？」

瑠璃が、恐る恐るといった様子で顔を上げる。

「ええ、本当です」

まあ、と黒衣が続ける。

「瑠璃さんが不甲斐なかったのも本当ですが」

「うわぁぁぁぁぁぁぁぁぁぁぁぁぁぁぁぁぁぁぁぁ────────んっ！」

黒衣の言葉に、瑠璃が大号泣してしまう。

無色は窘めるように言った。

「黒衣」

「すみません。ちょっと面白かったもので」

その場に膝を折って、黒衣が瑠璃を宥める。

しばしののち、ようやく瑠璃が落ち着きを取り戻した。それを待って、黒衣が再度立ち上がる。

「──しかし、少し気になりますね」

「何がだい？」

「青緒さんです。わたしの記憶では、もう少し話のわかる方だった気がするのですが」

「ふむ……？」

黒衣の言葉に、無色は首を傾げた。無色が話した限り、そういう印象はなかったのだが

——付き合いの長い彼女が言うのだ。何かがあるのかもしれなかった。

「それだけ、結婚というのは重い意味を持つ——ということかな」

「……、そうかもしれませんね」

黒衣は、未だ腑に落ちないといった様子で目を細めた。

「——ともあれ、続きは明日にいたしましょう。あまり捲し立てるようにしても、青緒さんの態度を硬化させてしまいかねません。まだ婚礼の儀までには日があります。じっくり攻めるといたしましょう」

「ええ……そうね。あんまり出歩きすぎてると警戒されるかもしれないし、今日のところは自分の部屋に戻るわ。——魔女様と二人で当主様の前に出た時点で、共謀してるのはバレてるだろうけど、風紀委員にわざわざ取り締まりの口実を与える必要もないしね」

瑠璃はそう言うと、無色に向き直り、丁寧に礼をしてきた。

「では魔女様、失礼します。明日、また参りますので」

「ああ。先は長い。ゆっくり身体を休めてくれ」

瑠璃は「はい！」と元気よく答えると、部屋を出ていった。

◇

「…………ふう」

〈方舟〉学園長室で、青緒は陰鬱な心地を乗せるように細く吐息した。

——随分と、面倒を抱え込んでしまったものだ。

〈ウロボロス〉の復活に、〈楼閣〉の大幅な弱体化。

それに、記録レベルの大きさを誇る〈クラーケン〉が二体も同時に出現したというのも気にかかる。風紀委員と彩禍の手によって事なきを得たようだが……永きに亘りこの世界の海を護ってきた青緒は、何か嫌な予感を感じずにはいられなかった。

とはいえ——最も大きな懸案事項は他にあった。

「……まさか、彩禍さんが出張ってくるとはね」

——久遠崎彩禍。言わずと知れた世界最強の魔術師。よもや彼女が、瑠璃の婚姻をここまで露骨に妨害しようとしてくるとは。

〈方舟〉においては絶対的な権力を振るう青緒でも、彩禍が相手となると分が悪い。瑠璃の我が儘を聞き入れて〈庭園〉への入学を認めてしまったことを、今さらながら後悔する青緒だった。まあ、今の瑠璃があるのも、〈庭園〉での研鑽があったからではあるだろうし、一概に否定もできないのがまた悩みどころではあったのだが。

「……それに、無色ですって？　あのときの子が、なぜ今になって」

青緒は忌々しげに声を漏らすと、額に手を当てた。

「まったく、上手くいかないものね——」

と。

そこで、青緒は言葉を止めた。

否。もっと正確に言うのなら——突然生じた咳に、言葉を中断せざるを得なかった。

「……けほっ、けほっ——」

口元を押さえながら、激しく咳き込む。

しばしののち。肩で息をしながら、口元に当てていた手を離す。

——そこには、赤黒い血が、べったりと付着していた。

「……あまり、悠長なことはしていられないみたいね」

青緒は底冷えのするような声でそう呟くと、血に濡れた手の平を握りしめた。

# 第四章　華燭の典　青き炎と　契るとき

「彩禍様、お茶が入りました」

「ああ、ありがとう」

偽恋人作戦の翌日。〈方舟〉来賓用宿舎最上階の部屋で、無色は黒衣の淹れた紅茶を一口呑み、ほんのりと温かくなった息をほうと吐き出した。

時刻は一六時五〇分。既に今日の授業は終わり、〈方舟〉居住エリアには、制服姿の少女たちが溢れている。

夕食前の優雅なひととき。

とはいえ無色も黒衣も、ただ休憩を取っているわけではなかった。

「――そろそろ来る頃かな」

「はい。もしかしたら生徒たちを撒くのに手間取っているかもしれませんが」

無色の呟きに、黒衣が答えてくる。――〈方舟〉での瑠璃は大変な人気者だった。なんとなくその光景が思い浮かんで、無色は小さく笑ってしまった。

そう。無色たちは、次なる作戦を練るために、瑠璃の到着を待っていたのである。

「婚礼の儀まであと五日。それまでに、なんとかしてこの婚約を破談にせねばなりません」

「ああ。そうだね。とはいえ……一体どうしたものか」

無色が問うと、黒衣はピースサインを作るかのように、指を二本立ててみせた。

「詳しいことは瑠璃さんが来てからお話ししますが、考えられる案は大きく分けて二つ。──一つは、相手方から攻める方法です」

「相手方というと……瑠璃の結婚相手かい？」

「はい。いくら青緒さんが認めずとも、相手方からお断りがあったなら、話は変わってくるでしょう」

「なるほど。面白い手だ。それなら──」

言いかけて、無色は「ん？」と首を捻った。

「そういえば……瑠璃の結婚相手というのは、一体どんな人物なのかな？」

そう。突然の結婚という情報に驚き、今まで奔走していたものの、結婚相手のことは何もわかっていなかったのだ。

「問題はそこです。──瑠璃さんの結婚相手が何者なのか、一切の情報がないのです」

「考えてみれば不思議だね。名前くらいは出てきてもよさそうなものなのだけど」

「そうですね。もしかしたら、青緒さんが意図的に隠しているのかもしれません。——今、騎士ヒルデガルドに探ってもらってはいますが、もし何もめぼしい情報が摑めなかった場合、この案は使えませんね」

「なるほど……ではもう一つの案は？」

無色が言うと、黒衣は中指を折り、立てていた指を一本にした。

「はい。こちらはもっと単純明快です」

「ふむ」

「彩禍様が、立ちはだかる敵をバッタバッタとなぎ倒し、一件落着オールオッケー」

「黒衣」

淡々とした口調で告げられた武闘派過ぎる提案に、無色は思わず汗を滲ませた。

「冗談です」

「冗談には聞こえなかったが」

「如何に彩禍様とはいえ、魔術師相手に大立ち回りをしたとなれば大問題です。まあ、目撃者を一切残さないか、全てを鴇嶋喰良の仕業ということにする、という手もないことはありませんが——」

「黒衣」

「冗談です」

黒衣がぺろり、と舌を見せる。が、目は笑っていなかった。

「まあ実際、青緒さんとことを構えるということは、〈方舟〉全てを敵に回すということと同義です。決して容易い相手ではありません。全盛期の彩禍様ならばまだしも、今の彩禍様ではどうなるかわかりません。これはあくまで最後の手段です」

「それは……そうだね」

無色は己の未熟を恥じるように息を吐いた。

するとそれに合わせるかのようなタイミングで、〈方舟〉内に鐘の音が鳴り響く。

「おや、一七時ですか」

黒衣が壁に掛けられた時計の方に視線をやりながら呟く。

「珍しいね。瑠璃が待ち合わせ時間に遅れるとは――」

――と。無色が言いかけた、そのときであった。

無色と黒衣が片耳につけたイヤホンから、ヒルデガルドの声が響いてきたのは。

『……さ、彩禍ちゃん、黒衣ちゃん……き、聞こえる……？』

「――ヒルデ。何かあったかな？」

無色が問うと、ヒルデガルドは慌てた様子で続けてきた。

『た、大変……。今、〈方舟〉内の防犯カメラの映像を見てたんだけど……る、瑠璃ちゃんが、お面を着けた女の子たちに連れて行かれちゃった……！』

「……っ、何だって？」

ヒルデガルドの言葉に、無色は思わず眉根を寄せた。

「どういうことだい。瑠璃が風紀委員(アズールス)に？」

「青緒さんの命令と考えて間違いないでしょう。しかし、一体何が目的で」

『な、なんか……お面の子たちが言ってたけど……婚礼の儀の日程を早めるって……』

「…………！」

無色と黒衣は、小さく息を詰まらせた。

「──彩禍様」

「ああ。──行こう」

無色は黒衣の呼び声に応えるようにうなずくと、勢いよく椅子から立ち上がった。

◇

〈虚(うつろ)の方舟〉中央学舎の後方には、ここが海底であることを一瞬忘れてしまうかのような、見事な竹林が広がっていた。

そしてその直中に走った道を行くと、やがて背の高い壁と、見るも巨大な門に辿り着く。

――魔術の名門・不夜城家。その本家の敷地である。

〈方舟〉の内部に存在はするものの、この門を隔てた先は完全な私有地であり、生徒も教師も、立ち入りは許されていない。出入りすることができるのは、不夜城家の人間を除けば、警備を任じられた風紀委員のみという話だった。

その壁の向こうがどうなっているのかは、黒衣でさえも詳しくは知らないらしい。

ただ、〈方舟〉の特殊な環境、そして不夜城青緒の絶対的な権力によって、その敷地内は実質的に治外法権となっているとのことだった。

極端な話をすれば、もしも不夜城家の中で何らかの事件――それこそ、人死にが出るような――が起こったとしても、青緒の腹一つでその処遇が決まってしまうのである。

一度足を踏み入れれば、二度と出ることの叶わない、神隠しの庭。人食い鬼の腹の中。

怪談じみた脚色はされているだろうが、それが、〈方舟〉外の魔術師の間で囁かれる、不夜城本家の印象だった。

「……瑠璃はここに？」

〈方舟〉の学区と不夜城家の敷地を隔てる壁の上に立ちながら、無色はぽつりと呟いた。

『う、うん……間違いないよ。詳しい状況まではわかんないけど……瑠璃ちゃんは今、本邸の祭儀の間ってところにいるみたい……』

それを受けて、黒衣が懐から端末を取り出し、無色に示してくる。

その画面には、広大な敷地の見取り図と、青いマーキングが表示されていた。

「さすがだ、ヒルデ」

『……うぇひっ……る、瑠璃ちゃんのためだから……』

通信越しでもぎこちなさが伝わる笑い声を響かせ、ヒルデガルドが言ってくる。

「警備の方はどうだい？」

『あっ……うん。お面の子たちが、かなりいっぱいいるみたい……』

「なるほど。やはり、彩禍様を警戒しているようですね。――騎士ヒルデガルド。瑠璃さんが彩禍様のお部屋に来られたときのように、防犯カメラに何も起こっていない映像を流すことは可能でしょうか」

『で、できなくはないと思うけど……あのときと違って、完全に侵入者がやってくる前提で待ち構えてるから、効果は薄いかも……』

「ふむ……厄介ですね」

黒衣があごを撫でながら言うと、ヒルデガルドが『ふ……ふひっ……』と息を漏らしてきた。

『だから……気づかれないことを目的にするんじゃなくて、引っかき回しちゃった方がいいんじゃないかな……って』

「ほう」

『そ、そっちの方は任せて……彩禍ちゃんたちは瑠璃ちゃんを』

「わかった。お願いするよ」

無色が言うと、ヒルデガルドはもう一度恥ずかしそうに笑ってから、通信を切った。

すると黒衣が、静かに口を開いてくる。

「――さて、彩禍様。改めて、最後に一つ確認しておきます」

「なんだい？」

「先ほど冗談として実力行使を提案しはしましたが、実際に不夜城家の敷地内に侵入し、瑠璃さんを連れ出すとなれば、冗談では済みません。これは不夜城家への敵対行為であり、不当な干渉行為です。たとえ彩禍様とはいえ、この件が明るみに出れば各所からの批判は避けられないでしょう。――それでもなお、瑠璃さんを助けにいかれますか？」

黒衣が淡々と忠言を述べてくる。

確かに彼女の言うとおりだろう。如何に最強の魔術師とはいえ、傍若無人な振る舞いが何もかも許されるわけではない。この行為は彩禍に不利益をもたらすに違いなかったし、それは無色としても本意ではなかった。

「…………」

無色は、イヤホンをオフにしてから黒衣に向き直った。

「——少し、いいですか」

そして、無色本来の口調で以(もっ)て、言う。

すると黒衣もまた、それに応ずるようにイヤホンを切り、彩禍の言葉で返してきた。

「——何かな」

「……まずは謝罪を。これは瑠璃と俺の問題です。彩禍さんを巻き込んでしまって申し訳なく思います」

「ふむ。それで？」

「その上で、お願いします。——俺に、力を貸してください。この件で彩禍さんが受ける損害を、俺が補填できるかどうかはわかりません。でも、俺に出来うる限りのことはします。だから、俺に妹を——瑠璃を、助けさせてください」

無色が言うと、黒衣はふっと目を伏せた。

「なるほど。君の——玖珂(くが)無色としての意見はわかった。では、その上で問おう」

「はい」

無色が真っ直ぐな視線で以て答えると、彩禍は黒衣の表情と口調で続けてきた。

「彩禍様は、その言葉に一体どのような反応をされますか？」

「…………」

無色は、黒衣に倣うように表情を元に戻した。

「黒衣」

「はい」

「——愚問だ」

そして僅かな逡巡もなくそう言うと、壁を蹴り、空中に身を躍らせた。

兄として瑠璃を放っておけないというのも確かにある。

しかし、それと同様に——

彩禍が、そのような理由で愛弟子を見殺しにするとは、到底思えなかったのである。

「よくできました」

黒衣はそう言うと、無色のあとを追うように壁を蹴った。

◇

「——甲の参、異常なし」

「乙の壱、同じく」

「丙の伍、同じく」

不夜城本家の敷地内にある警備室には今、張り詰めた空気が立ちこめていた。

部屋には一〇名ほどの風紀委員が詰め、無数のモニタに映し出された敷地内の映像を油断なくチェックしていたのだが、報告を飛ばし合う声に、いつにない緊張感が滲んでいたのである。

だがそれも無理からぬことだろう。何しろ今、本邸最奥に位置する祭儀の間にて、不夜城瑠璃の婚礼の儀が執り行われようとしているのである。

婚礼の儀は、不夜城家にとって最も重要な儀礼の一つといっても過言ではない。万が一これが失敗に終わるようなことがあれば一大事であった。

とはいえ——無論理由はそれだけではない。

風紀委員たちの心拍数を上げている最大の原因は、この婚礼の儀を妨害しようとする者の存在であった。

「……本当に現れるのかしら」

ぽつり、と。

風紀委員の一人が、仮面越しに言葉を漏らす。

その口調は妨害者の存在を疑っているようにも聞こえたし——緊張感に堪えかねて漏れ出た虚勢のようにも聞こえた。

「いくら〈庭園〉の魔女様とはいえ、不夜城本家に押し入って婚礼の儀を邪魔したとあれば大問題よ。学園長職を追われる可能性だってある。元弟子一人のために、そんなリスクを冒すとは思えないのだけど」

その言葉に、微かなざわめきが広がる。

けれどそれを窘めるように、また別の風紀委員が声を上げた。

「今のは聞かなかったことにしておいてあげるわ。監視に戻りなさい。油断をしていい相手でないことはわかるでしょう」

「でも……」

「当主様の仰ったことを忘れたの？　相手はあの久遠崎彩禍よ。何をしてくるかわからないわ——」

と、そこでモニタを見ていた風紀委員は言葉を止めた。

防犯カメラの映像に、変化があったのである。

「え……？」

風紀委員は眉根を寄せると、モニタに顔を近づけた。

本家敷地内の庭を映し出した映像。そこに、何者かのシルエットが現れたのである。

一瞬、件の久遠崎彩禍かと思ったが——違う。明らかに人間ではない。巨大な、しかしどこかひょろ長い体軀。四足獣のような形をしているのだが、首だけが妙に長かった。

その正体不明の動物が、長い首をブルンブルンと揺らしながら、カメラの方に走ってくる。突然の光景に、風紀委員は思わず「ひっ」と息を詰まらせた。

しかし、事態はそれだけにとどまらなかった。

警備室の壁に敷き詰められた幾つものモニタ。それら全てに、似たような怪物が映し出されていたのである。

「な——」

「何なのよ、これは……っ！」

警備室のモニタが、おかしな怪物に埋め尽くされる。

そこでようやく風紀委員たちは気づいた。その怪物が、ものすごくぞんざいに作られたＣＧであるということに。

「これは……警備システムがハッキングを受けている……⁉」

「なんですって⁉　すぐに復旧を——」

「それより、本邸の方はどうなってるの!? 警備に連絡は!?」

「つ、通信が繋がらないわ……!」

にわかに、警備室が騒然となる。

しかしそんな中、最初にモニタの異常を発見した風紀委員は、モニタの中でコミカルに踊る『それ』を見つめながら、呆然と声を発した。

「なんで……きりんなの……?」

◇

──夕闇に沈む不夜城本家の敷地を、ヒルデガルドの案内に従って駆けていく。

壁を越えてしばらく経つが、警報が鳴る様子はない。道を避けて竹林の合間を縫うように足を進め、無色と黒衣は、広大な本邸が見える位置まで辿り着いた。

「ふむ、あそこか」

「そのようですね。まさかここまで誰とも遭遇せずに辿り着けるとは思いませんでした。見事な手腕です、騎士ヒルデガルド」

『うぇ、うぇひひ……』

黒衣の言葉に、ヒルデガルドが照れくさそうに微笑む。

『で、でも気をつけて。さすがに本邸の周りには、警備がいっぱいいるはずだから――』

と、ヒルデガルドが言いかけたところで。

「――!? 久遠崎学園長……!?」

右方から、そんな声が響いてきた。

見やると、そこに仮面を着け、外套を纏った少女たちが数名いることがわかる。――警備の風紀委員だ。

「おや」

「早速見つかってしまいましたか」

無色と黒衣が落ち着いた調子で言うと、風紀委員たちはこちらを包囲するようにじりじりと展開していった。

「……如何されましたか、久遠崎学園長。ここは立ち入り禁止区域ですよ」

一応は丁重な口調で以て、そう言ってくる。無色はふっと微笑みを返した。

「そうだったのか。これは失礼をした。散歩をしていたら迷い込んでしまってね。ちょうどいい。案内してもらえるかな? ――瑠璃のいる、祭儀の間とやらに」

「……っ!」

その言葉で、こちらの目的を確信したのだろう。隊長格と思しき風紀委員が号令を発した。

「第二顕現、展開！」

「応ッ！」

少女たちの頭部に、二画の界紋が灯る。

それと同時、彼女らの手の中に、魔力で形作られた刃を持つ槍が顕現した。

――〈クラーケン〉戦のときも思ったが、不思議な光景ではあった。顕現術式は『人間の情報』を構成式とした魔術。その形状は千差万別であり、ここまで似た形の顕現体が揃うことは珍しいと黒衣に聞いていたのである。

まあ、とはいえある程度であれば、後天的に顕現体の形状・効果をデザインすることも不可能ではないという。集団戦を得意とする彼女らのことだ。戦術を確立させるため、意図的に形状を揃えているのかもしれなかった。

「――かかれ！」

無色がそんなことを考えていると、怒号の如き声が響き、周囲に展開した風紀委員たちが一斉に飛びかかってきた。

「彩禍様」

「――大丈夫」

無色は、黒衣の言葉に短く返すと、右手を前方に掲げ、すっと目を細めた。

「第二顕現──【未観測の箱庭】」

瞬間。

無色の頭上に円形の界紋が二画展開されたかと思うと、その手に、地球を模した飾りを頂く、巨大な杖が出現した。

そして、無色がその杖の石突を地面に打ち付けると──

「な……っ⁉」

周囲に生えていた無数の竹が、まるで蛇の如くぐにゃりと歪み、無色に攻撃を仕掛けてきた風紀委員たちの身体を雁字搦めにするように拘束した。

「こ、これは──」

「ぐ……ぐうっ！」

風紀委員たちは拘束から逃れようと手足をバタつかせていたが、やがて竹に全身を強く締め付けられ、意識を失った。

「ふう──」

その光景を確認してから、小さく吐息を零す。

彩禍の第二顕現【未観測の箱庭】は、限定的にではあるが、世界を変質させる力を持つ。

術者の想像力によって、如何様にも使用の幅が広がる術式だ。

第四顕現は非常に強力ではあるが、それだけに魔力の消費も大きくリスクも高い。それに今回の相手は人間。制御が完璧とは言い難い状態で使うのは危険に過ぎる。平時は第一及び第二顕現のみで勝負を決められるよう、黒衣に稽古を付けてもらっていたのである。少し心配ではあったが、どうにか上手くいってくれたようだった。

「どうかな、黒衣――」

「――彩禍様、上です！」

と。

無色が黒衣の方を振り返ろうとした瞬間、そんな声が響いて、無色は息を詰まらせながら、手にした杖を上方へと向けた。

次の瞬間、鋭い音とともに、凄まじい衝撃が腕に伝わってくる。

上空から、魔力で形作られた刀を構えた風紀委員が、無色目がけて飛来してきたのだ。

「く――」

無色は顔をしかめると、襲撃者を振り払った。仮面の少女が宙を舞い、着地する。

少女は油断なく刀を構えると、仮面越しに呻くような声を響かせてきた。

「……正気ですか、久遠崎学園長。このような強行策に出るなどとは」

そこでようやく、その少女が浅葱であることに気づく。無色は呼吸を落ち着けるようにしながら目を細めた。

「強行策？　どうやら誤解があるようだね」

「誤解……？」

「風紀委員も〈方舟〉の徒であることに変わりはないだろう？　ひとつ、わたしが実戦形式で特別授業を行ってあげようと思ってね。

――久遠崎彩禍と直接戦える機会などそうはないよ。心してかかってきたまえ」

「戯れ言を……っ！」

無色が言うと、浅葱は憤りを覚えるように息を詰まらせ、地面を蹴って突撃してきた。

「【未観測の箱庭】――！」

それに対応するように、杖を掲げる。極彩色の輝きとともに、無数の竹が浅葱を捕らえんとその身をしならせた。

「疾――ッ！」

しかし浅葱は、竹の乱舞を避けるように後方へ跳躍すると、その勢いのまま、手にした第二顕現の刀を大きく振り抜いた。

無論、間合いには遥か遠い。青白く光る刀身は、ただ空しく虚空に残光を引くのみとなるはずだった。

だが。

「…………っ！」

無色は息を詰まらせた。浅葱の振るった刀の刀身が撓むように歪んだかと思うと、鞭の如くその身を伸ばしてきたのである。

「く……！」

突然のことに、反応が一拍遅れてしまう。

が、その切っ先が無色の胸に届く、一瞬前。

「ち──」

浅葱がそんな声を響かせたかと思うと、その場から飛び退いた。彼女の手から伸びていた刀身もまた、その動きに合わせるように後方へと引かれる。

なぜ浅葱がそのような行動に出たのかは、すぐに明らかになった。

一瞬前まで浅葱の頭部があった場所を、黒衣の上段回し蹴りが通り過ぎていったからだ。

「おや、よく避けましたね」

「この──」

浅葱が刀の柄を握りしめ、再び刀身を揺らめかせようとする。

しかし、そうはならなかった。

体勢を崩した浅葱の額に、無色の放った極彩の魔力光が炸裂したからだ。

「――――」

浅葱の面に、ぴしり、とヒビが入る。

浅葱はそのまま意識を失うと、仰向けに倒れ込んだ。頭部から界紋が、右手から刀の柄が消え去る。

「……すまない、黒衣。助かったよ」

「いえ。これも侍従の務めです。――彩禍様も、お見事でした。第一顕現、第二顕現の使用にもだいぶ慣れてきましたね」

黒衣が涼しい顔で言ってくる。無色はふっと苦笑を浮かべると、その場に倒れた浅葱に視線を落とした。

「〈方舟〉の警備を任されているだけあって、手練れだったね。……だが、今の第二顕現。どこかで見たことがあるような――」

と――無色はそこで言葉を止めた。

理由は単純。無色の光線によってヒビが入っていた仮面が割れ、覆い隠されていた浅葱の素顔が空気に晒されたからだ。

「――、は……？」

瞬間、思わず目を見開き、彩禍にあるまじき間の抜けた声を漏らしてしまう。

だが、それを責められる者はおるまい。その顔を目にしたならば、きっと誰しも無色と同じような反応を取ってしまうに違いなかった。

なぜなら――

「瑠……璃……？」

その仮面の下に隠されていた顔は、無色の妹・不夜城瑠璃のものだったのである。

「え……な、ど、どういうことですか……？」

彩禍の口調を取り繕うことさえ忘れ、無色は呆然と声を発した。

「…………」

黒衣はそれを咎めるでもなく、微かに眉根を寄せながら浅葱の横に膝を折ると、感触を確かめるようにその頬に触れた。

「瑠璃さんは祭儀の間にいるはずです。ですが、変装……というわけでもないようですね。

――まさか」

黒衣は何かに気づいたように言うと、すっくと立ち上がり、竹に拘束され意識を失った風紀委員たちの元へ歩いていった。

そして彼女らが着けていた仮面に手をかけると、それを一気に剝ぎ取っていく。

「な――」

その光景に、無色は再度息を詰まらせた。

仮面を剝がれた風紀委員。それらが全員――瑠璃の顔をしていたのである。

「黒衣、これは一体」

「……………、詳しいことはわかりません。ですが、嫌な予感がします。今は祭儀の間に急ぎましょう」

黒衣は手にした仮面を地面に落とすと、竹林の奥に聳える本邸に目をやった。

◇

「……………く……………」

不夜城本邸最奥・祭儀の間で、瑠璃は渋面を作りながら奥歯を嚙み締めていた。

否、正確には、それくらいしかできることがないといった方が正しかったかもしれない。

身体に何らかの魔術が施されているのだろう。首から下が、正座の形を取ったまま、思うように動かなかったのである。

「……………」

瑠璃は少しでも情報を得ようと、眼窩の中でぐるりと目を動かした。

広い部屋だ。板張りの床に不可思議な紋様が描かれており、異様な雰囲気を醸し出している。電灯はなく、室内だというのに篝火が焚かれていた。

次いで自分の装いに視線を落とし——思わず眉間に皺を寄せてしまう。

けれどそれも仕方のないことではあった。何しろ今瑠璃は、その身に見事な白無垢を纏っていたのである。

そう。彩禍の部屋に向かう際、風紀委員によって拉致された瑠璃は、半ば強制的に沐浴をさせられたのち、この花嫁衣装に着替えさせられていたのだ。

瑠璃にこのような格好をさせる理由など、一つしか考えられない。——婚礼の儀が行われるのはまだ先だったはずだが、彩禍の登場を受けて予定を早めたのだろう。本家の思惑を察して、瑠璃はさらに表情を歪め、なんとか逃げる手段はないかと思考を巡らせた。

と——そこで。

「…………！」

瑠璃はぴくりと眉を揺らした。

しゃん——しゃん——と。

どこからか、鈴を鳴らすかのような音が聞こえてきたのである。

「何よ、この音……」

瑠璃が訝しげな顔をしていると、その鈴の音は段々と大きくなり、やがて部屋の目前にまでやってきた。

そしてゆっくりと、前方の扉が開かれる。

姿を現したのは、見るも美しい白装束を纏った女性だった。手に扇子を持ち、顔を覆い隠すようにベールを被っている。そしてその両脇には、巫女装束を纏い、神楽鈴を手にした仮面の少女が二人、恭しく付き従っていた。

その様を見て、瑠璃は恨みがましく視線を歪めた。

「……当主様」

「ええ。——よく似合っているわよ、瑠璃。本当に綺麗」

着物の女性——不夜城青緒が、感慨深げな調子でそう言ってくる。仄暗い空間と顔にかけられたベールのため表情は見取れなかったが、薄い笑みを浮かべているであろうことは何となく知れた。

「……一応聞いておきます。一体これは何のつもりですか」

「一応答えてあげる。——これから、『婚礼の儀』を執り行うわ」

青緒が、瑠璃への意趣返しとでもいうように言葉を返してくる。瑠璃は忌々しげに青緒を睨み付けた。

「しつこいですね、あなたも。……私は絶対に、あなたの思う通りにはならない。婚礼の儀だか何だか知りませんが、やれるものならやってみればいいじゃないですか。私はそんな黴の生えた儀式なんかで、生涯の伴侶を決めたりはしない。そちらが勝手に決めた旦那様なんて、殴り倒して逃げるだけよ」

不安を覆い隠すように虚勢を張ってみせると、青緒はふうと細く息を吐いた。

「いけないわね。元気なのはいいことだけど、もっと優雅さがないと。――あなたは、これから不夜城家の主となるのだから」

「……え――？」

青緒の言っている意味がわからず、思わず眉根を寄せる。

すると青緒は、可笑しそうにふっと微笑んだのち、ゆっくりとした所作で、顔を隠すベールを取り去った。

「な――」

その顔を見て、瑠璃は息を詰まらせた。

「さあ――『婚礼の儀』を始めましょう」

青緒が、ニィッと唇を笑みの形に歪める。

仮面の少女が鳴らす神楽鈴の音が、しゃん、と、祭儀の間に響き渡った。

「──ヒルデ、祭儀の間までどれくらいだい？」

『も、もうすぐ……その廊下の突き当たりの部屋……だと思う……！』

不夜城本邸の長い廊下を走りながら無色が問うと、イヤホンからヒルデガルドの声が聞こえてきた。

その情報に従い、廊下の先を見据えると、さらに足に力を込める。

「急ごう」

「はい」

後方を走る黒衣が短く答えてくる。

無色たちは、竹林で浅葱たちを倒したあと、本邸の中で二回、警備の風紀委員と出くわしていた。彩禍の力を以てその全てを無力化することには成功していたが──思いの外時間がかかってしまったことは否めない。

浅葱をはじめとする風紀委員たちの顔を見てから、無色の中で言いようのない不安が鎌首をもたげていた。一刻も早く瑠璃の元へ至るため、廊下を一直線に駆けていく。

そして――

「はっ！」

目的地に至った無色は、微塵の逡巡もなく扉を蹴破った。

不夜城家に侵入した瞬間から、ことが穏やかに済むとは思っていない。

もしも扉の向こうに青緒や不夜城本家の人間、相手方の家族が揃っていようと、その全てを薙ぎ倒して瑠璃を助け出す覚悟は決まっていた。

けれど――扉の向こうに広がっていたのは、予想外の光景だった。

奇妙な紋様の描かれた広い部屋の中央に、白無垢姿の瑠璃が一人、こちらに背を向けて正座していたのである。

周囲を見回すも、他に人影はない。ただ壁際に置かれた篝火が、瑠璃の影を妖しく揺らめかせていた。

「瑠璃！」

無色は声を上げると、一直線に瑠璃のもとへ駆け寄っていった。

「瑠璃、大丈夫かい？」

「魔女……様――」

無色が肩を揺すると、瑠璃はどこかぼうっとした様子で顔を上げてきた。

「私、なんでこんなところに……？」

そして、記憶が混濁しているかのような調子でそう言ってくる。――もしかしたら、何か魔術を施されているのかもしれなかった。

瑠璃の状態も気にかかったが、今はここを離れるのが優先である。無色は瑠璃の手を取ると、その場に立ち上がらせた。

「歩けるかい？　もう悠長なことは言っていられない。〈方舟〉から脱出しよう」

そしてそう言って瑠璃の手を引き、元来た道を戻ろうと踵を返す。

が――

「――彩禍様！」

「…………!?」

そこで黒衣の声が響き、無色は直感的に身を翻した。

次の瞬間、魔力の刃が脇腹を掠める。無色は息を詰まらせてその場から飛び退いた。

「――あら、残念。今のを避けるなんて、さすがね」

「瑠……璃……？」

無色は鋭く痛む脇腹を押さえながら、微かに震える声を漏らした。

そこには、頭部に二画の界紋を展開した瑠璃が、鬼火の如き刃を持つ薙刀を構えながら立っていたのである。

そう。にわかには信じがたいことであったが、瑠璃が第二顕現を発現し、無色に斬り付けてきたのだ。

「【燐煌刃】——系統は似ているけれど、やっぱり少し形が違うのね。面白いわ」

瑠璃は感慨深げにそう言うと、手にした第二顕現を弄ぶように、ぶん、と回してみせた。その軌跡を描くように、青い刃が揺らめく。

「大丈夫ですか、彩禍様」

「…………、ああ」

黒衣の言葉に応えながら、脇腹を押さえていた手を見やる。

うっすらとではあるが、刃が皮に触れていたらしい。手の平に赤い血が付着していた。

「…………」

彩禍の身体が傷付けられたという事実に烈火の如き怒りを覚えつつも、無色はその激情をどうにか抑え込んだ。感情のままに行動したならば、さらに大きな傷を彩禍の身体に作ってしまうことになるやもしれないからだ。

「君は一体——何者だ」

無色は視線を鋭くしながら、瑠璃の顔をした少女に問い掛けた。

改めて見直しても、そこに立っているのは瑠璃としか思えなかった。風紀委員たちのように『瑠璃と瓜二つ（うりふた）の顔』ではなく、どう見ても『瑠璃そのもの』だ。

けれど、あり得るはずがないのだ。

――瑠璃が、彩禍に刃を向けるなど。

「ふ――」

無色の言葉を受けて、瑠璃の顔をした少女は、不敵に唇を歪めた。

「非道（ひど）いわね、魔女様。愛弟子（まなでし）の顔を忘れたの？」

少女が、冗談めかすような調子で言ってくる。無色は不快そうに眉をひそめた。

「戯（ざ）れるな。君が瑠璃であるものか」

「ふふ……戯れてなんかいないわ。私は不夜城瑠璃。本当よ？

――少なくとも、身体はね」

「なに……？」

少女の言葉に、無色は訝しげな声を発した。

すると後方から、黒衣が息を詰まらせる声が聞こえてくる。

「……っ、まさか、『婚礼の儀』とは――」

「あら、そちらの侍従さんは察しがいいみたいね」

少女はニッと笑みを浮かべると、胸元に手を当てながら続けた。

「――不夜城本家における『婚礼の儀』とは、殿方に嫁ぐことを意味するのではないわ。当代の一族の中から、新たな『不夜城青緒』を選ぶ儀式よ」

「な――」

その言葉に、無色は思わず目を見開いた。

新たな不夜城青緒を選ぶ――それが、当主の名前を襲名するといった意味でないことは、無色にも何となく知れた。

そして、気づく。目の前にいる瑠璃の口調が、振る舞いが、不夜城青緒のものに酷似していることに。

するとそんな無色の懸念を言語化するように、黒衣が言葉を発した。

「…………、転移術式。己の魂を、別の肉体へと移動させる術です。……かつて、全盛期の力を保つために、老いた身体から若い身体へと乗り換えて永遠を生きようとした魔術師がいたといいますが――」

「老いた身体、っていうのは非道い言い草ねぇ」

少女――青緒が、くすくすと笑う。瑠璃ならば決してしないような妖しい表情に、無色は心を逆撫でされるような気持ちの悪さを覚えた。

「……つまり、瑠璃は青緒に身体を乗っ取られた——ということか」

「端的に言えば、そういうことになるかと」

黒衣は、険しい顔をしながら続けた。

「……しかし、臓器の移植と同じく、魂と肉体にも相性があります。ただ転移させるだけでは、魂と肉体が定着せず、拒絶反応が起きてしまうはずです。件の魔術師も、肉体の自壊に耐えられず、結局死んでしまったと聞きます。定期的に身体を乗り換えることなど、そう簡単には——」

そこで、黒衣は何かに気づいたように眉根を寄せた。

「……っ、風紀委員——」

「…………へえ？」

黒衣の呟きに、青緒がピクリと眉を動かす。

「そこまで辿り着いたの。大したものだわ」

「……どういうことだい？」

無色は小さな声で黒衣に尋ねた。

黒衣が油断なく青緒を見据えながら、答えてくる。

「……ご覧になったでしょう。風紀委員の仮面の下は、皆同じ顔でした。まるで、一人の人間を複製したかのように」

「ああ――」

先刻のことを思い起こすようにうなずく。瑠璃と同じ顔をした少女たちが何人も倒れ伏す様は、ある種悪夢のような光景だった。

「先ほど、魂と肉体には相性があると申しました。裏を返せば、自分の魂と相性のいい肉体を幾つも用意できれば、いつでも若い身体を手に入れることが可能とも言えます。

そして――自分の魂ともっとも相性のよい身体は、自分自身のものに決まっています」

「…………っ、まさか」

黒衣の言葉に、視線を鋭くする。

すると青緒は、そんな無色の眼光を正面から受け止めるように、手を広げてみせた。

「そう。風紀委員（アズールルズ）は、全員不夜城青緒（わたし）の複製人間（クローン）。この海を守る矛にして、〈方舟〉を治める不夜城本家の人間よ」

「――」

その衝撃的な情報に、無色は一瞬言葉を失った。

けれど、すぐに脳裏に疑問が生じる。

「馬鹿な。じゃあ、瑠璃は」

「瑠璃は正確には、『私そのもの』ではないわ。——複製人間の中には、殿方と番って子を成す者もいる。それが、所謂不夜城の分家筋よ。

でも、そうして生まれた子供もまた、私の形質を強く受け継いでいるわ。世代を重ねていくと、さすがに段々と要素が薄まっていくみたいだけど」

言いながら、青緒が胸元に手を当てる。——まるで、この身体は自分のものだと主張するかのように。

無色はギリと奥歯を噛み締めながら、青緒を睨め付けた。

「……そうして、当代でもっとも強い身体を持つ一族に、自分の魂を転移させてきた——というわけかい」

「そう睨まないでちょうだい。不夜城の女にとって、私の器となれることは人生の目的でもあり至上の喜びよ？　何しろ出自からして、私の代替のために生まれた子たちなんだもの。むしろ感謝してほしいくらいね。家出娘の身体を、私に使ってもらえるんだから」

青緒が、嫌らしい笑みを浮かべながら言ってくる。

無色は不快感を隠すことなく渋面を作ると、呻くように喉を絞った。

「…………黒衣」

無色がぽつりと呟くと、黒衣はその意を察したように返してきた。

「……転移を終えてから、さほど時間は経っていません。瑠璃さんの意識も、消えてはいないはずです。青緒さんの魂を肉体から引き剥がすことができれば、あるいは」

「……そうか」

無色は小さくうなずき、青緒に向き直った。

「婚礼の儀も終わったようだ。そろそろお暇するとしよう。

ただ――わたしも暇ではないのでね。わざわざ海の底まで出向いたんだ。引出物のひとつくらい寄越しても、罰は当たらないのではないかな」

言って、右手を前方に掲げる。

するとその動作に合わせて頭上に二画の界紋が生じ、手の中に杖が現れた。

それを見てか、青緒が腰を低くし、薙刀を構える。

二人の間に、一触即発の緊迫感が満ちた。

「――少しだけ、意外ね」

「……何がだい？」

「彩禍さんなら、わかってくれると思ったのだけど」

――刹那。

青緒が構えた薙刀の刃が、燃えさかる炎の如く膨れ上がったかと思うと、無数の針と化して無色に迫ってきた。

「く──」

無色は顔をしかめると、杖の石突を床に打ち付けた。

瞬間、部屋を構成していた木材が躍るように波打ち、無色の前に障壁を形成する。青く光る無数の針がそれに突き刺さった。

「ふ──ッ」

しかし、それだけでは終わらない。青緒は足を踏み込むと、身を翻すようにして【燐煌刃】を大きく回転させた。その動作に合わせ、細長く伸びた無形の刃が虚空に舞う。

一瞬にして青い刃の切っ先が無色の首元にまで迫る。無色はすんでのところで身を反らし、それをかわした。

「【未観測の箱庭】……！」

不自然な姿勢のまま杖の柄を握りしめ、喉を絞る。視界の中にある様々な物質が、意思を持ったかのようにその姿を変え、青緒へと伸びていった。

「──温い」

だが、青緒は不敵に唇を歪めると、四方八方から迫り来る攻撃を、たった一太刀にて全て薙ぎ伏せてみせた。

水の如き柔軟性と無類の切れ味、そして炎の熱を兼ね備えた、有り得ざる刃。

瑠璃の戦いを隣で見て、その力は重々承知しているつもりだったが――その認識が甘かったことが、こうして対峙してみて初めて実感できた。

純にして無形。あらゆる局面に対応可能な千変万化の戦略術式。天才・不夜城瑠璃を体現するかの如き顕現体である。

そして、身体を乗り換えたばかりだというのに、それを使いこなす青緒の技量もまた、並みではなかった。

「…………」

無色が肩で息をしていると、青緒は油断なく薙刀を構えながらも、不審そうに視線を歪めてきた。

「あなた、本当に彩禍さん？」

そして、学園長会議の折に投げた問いを、もう一度発してくる。

一瞬どきりとした無色だったが――すぐに不敵な笑みで以て返す。

「……さて、どうだろうね。案外君と同じく、別人が中に入っているかもしれないよ」

冗談めかした調子でそう言うと、青緒は一笑に付すように鼻を鳴らした。

「いくらなんでも歯ごたえがなさすぎるわ。術式は確かに強力だけれど、それだけね。まるで脅威を感じない。

瑠璃の身体がそれほどの潜在能力を秘めていたっていうこと？　それとも——さしもの極彩(ごくさい)の魔女様も、愛弟子(まなでし)の身体相手に本気は出せないってことかしら？」

青緒はそう言うと、不快そうに視線を鋭くした。

「私としては、諦めてお帰りいただければそれでよかったのだけれど……こうまで露骨に手を抜かれると気分が悪いわね。——新しい身体の試運転も兼ねて、少し付き合ってもらおうかしら」

そして、片手で印を結ぶと、その名を唱える。

「第三顕現——【旭光拵(きょっこうのこしらえ)】」

その呼び声に応ずるように、青緒の頭部に、鬼の角を思わせる三画目の界紋が現れる。

それと同時、青緒の身体が蒼炎(そうえん)に包まれたかと思うと、その炎が、甲冑(かっちゅう)を思わせる装束へと転じていった。

第三顕現。『同化』の位階。己が身を顕現体で包む、魔術師の戦闘形態である。

「彩禍様」

「……ああ！」

第三顕現を発現した魔術師相手に、このままでは分が悪すぎる。無色は黒衣の声に応えるように意識を集中させた。

「第三顕現——【不確定の王国】……！」

無色の頭上にもまた、三画目の界紋が現れる。それは無色の身体を極彩色の輝きで覆うと、やがてその身に、荘厳なるドレスを顕現させた。

その様を見てか、青緒が満足げに笑みを浮かべる。

「応じてくれて嬉しいわ。相変わらず惚れ惚れするような第三顕現ね。思わず見蕩れてしまいそう」

「……君も、よく似合っているよ。できることなら瑠璃の第三顕現は、瑠璃に披露してもらいたかったけれどね」

無色と青緒は軽口を叩き合うと——

やがてどちらからともなく床を蹴り、戦闘を再開した。

甲冑を纏った青緒は、もはや先ほどまでの彼女とは別人といって差し支えなかった。第三顕現が『同化』の位階と呼ばれる所以。顕現体を纏った魔術師は、まさにその身を顕現体と化すかの如く、人間を超えた運動能力と、それに耐えうる身体を手に入れるのである。

極限まで研ぎ澄まされた脚力と動体視力で以て、青緒が目にも留まらぬ猛攻を繰り出してくる。常人の目からはその動きを認識することさえ困難かもしれなかった。

「はぁ……っ！」

とはいえ、無色もまた、その身に第三顕現を纏っている。無色自身は未熟であるものの、それは世界最強・久遠崎彩禍の術式に他ならない。どうにか青緒の攻勢に対応し、第二顕現の杖を振るう。

学園長クラスの魔術師が二人、第三顕現にて相争う。鉄風の如き魔力の渦が、祭儀の間にて荒れ狂った。

「く――――」

極限状態の中、どうにか思考を巡らせる。

――相手は大海の覇者・不夜城青緒。戦力は見ての通り。無色は今、彩禍の術式を使ってその攻撃を防ぐのが精一杯だ。

瑠璃を取り戻すには、彼女に敗北を認めさせ、もう一度転移術式を使わせるしかない。

けれど――果たしてそんなことが可能な相手だろうか。

もしも可能性があるとすれば、第四顕現しかない。魔術師の秘奥にして到達点。その力は強力無比の一言だ。

しかし、無色は未だ、その力を使いこなせているとは言いがたい。もしも制御を誤り、瑠璃の身体に取り返しのつかない傷を負わせてしまったならば。否、もっと端的に、その命を奪ってしまったならば――

「…………っ――」

脳裏を掠めた想像に、無色は息を詰まらせた。

すると後方から、黒衣の声が聞こえてくる。

「――彩禍様！　魔力放出量が増えています！　どうか心を落ち着けてください――」

「…………！」

言われて、ハッと肩を揺らす。無色の精神状態に応じて、身体から放出される魔力の量は変化する。もしも今、元の身体に戻ってしまったならば、僅かな勝ちの目さえもなくなってしまうだろう。

が、その逡巡こそが、もっとも大きな隙を作ってしまった。

「――がら空きよ」

そんな声がしたかと思うと、次の瞬間、【燐煌刃】を振りかぶった青緒が目前に現れていた。

柄の先には、今までになく長大な刃が形成されている。祭儀の間の壁を貫かんばかりに一直線に伸びたそれは、巨人の剣を思わせた。

「【燐煌刃】――《焰断》」

青緒の声とともに放たれた一閃は、祭儀の間の壁、天井を両断し、無色の視界を蒼炎で覆った。

——何が起こったのかは、よく覚えていなかった。

——自分が何をしたのかも、よくわからなかった。

気づいたとき無色は、幼い瑠璃に泣きつかれていた。

（……！　兄様、兄様——）

まん丸の目に大粒の涙を浮かべながら、無色の胸元にしがみつく。

無色はそんな瑠璃の頭を優しく撫でると、静かに微笑んだ。

（大丈夫。瑠璃は絶対、お兄ちゃんが守るから——）

「……、あ——」

頬に軽い衝撃を覚え、無色は目を覚ました。

眼球をぐるりと巡らせ、状況を把握する。

——まず認識できたのは、自分の身体が玖珂無色のものに戻っていることだった。

次いで、自分が今、暗い物陰に横たえられていることと、目の前に、平手を振り抜いた黒衣の姿があることがわかる。

「目が覚めましたか」

「……おかげさまで」

無色は頬をさすりながら身を起こすと、改めて黒衣の姿を見やった。——服のあちこちが焼け焦げている。どうやら、黒衣がすんでのところで、青緒の攻撃から無色を助け出してくれたらしい。

「……すみません、助かりました」

「いえ。それより、ご注意を。まだ終わっていません」

言いながら顔を上げ、崩れかけた壁の向こうを見やる。無色もまたその視線を追うようにそちらに目をやった。

そこには、青緒の一撃によって半壊した不夜城本邸が広がっていた。夥(おびただ)しい数の瓦礫(がれき)が辺りを埋め尽くし、ところどころに青い炎が灯(とも)っている。見ようによっては、幻想的な光景と言えなくもなかった。

そしてそんな瓦礫の野の中心に、甲冑の如き装束を纏い、手に薙刀を握った不夜城青緒が一人、立っている。

恐らく攻撃を逃れた彩禍が、どこかに隠れて反撃の機を窺っていると思っているのだろう。油断なく辺りに気を張っていた。

当然ではあるが、その横顔は妹の瑠璃そのものである。――心臓を握られるかのような感覚に、無色は顔をしかめた。

「……早く、瑠璃を助けないと。黒衣、お願いします。魔力を――」

と、無色が言いかけたところで、その言葉を止めるように、黒衣が無色の唇を指で押さえてきた。

「お断りします」

「黒衣……？」

黒衣の言葉に、無色は目を丸くした。

「な、なんでですか。俺の身体のままじゃ、あの人には」

「ふむ。では彩禍様の身体になれば勝てると仰るのですか？」

「そ、れは……」

言われて、無色は口ごもった。何しろつい今し方、第三顕現という同条件下で苦杯を嘗めさせられたばかりなのである。

「でも、だからといって諦めるわけにはいかないでしょう。人の身体を乗っ取るだなんて、そんなの許されるはずが――」

「――ならば、わたしのことも、許せないかい？」

「え……？」

不意に彩禍の口調で言われ、無色は思わず眉根を寄せた。

「青緒は自らの複製を作り、定期的に身体を乗り換えていた――なるほど、倫理的に見れば問題だらけだろう。しかしそれならば、人造人間の身体を使っているわたしもまた、糾弾されるべきでは？」

自嘲的にそう言って、自分の胸に手を当てる。

「――――」

そこで無色は、転移術式の説明を聞いたときの既視感の正体に気づいた。

そう。彩禍もまた、実験用の人造人間に自らの魂を移し、命を永らえていたのである。

「で、でも、黒衣の身体に、魂は宿っていないって――」

「……そうだね。――では、もしも人造人間に魂が宿っていたならば、どうだろう。わたしはあのまま、消滅していた方がよかったかな？」

「――っ――」

無色は思わず息を詰まらせた。だがすぐに、言葉を返す。

「彩禍さんの存在を認めるのなら、青緒さんのやり方も認めて、瑠璃のことは諦めろって言うんですか?」

「…………」

無色の言葉に、彩禍はしばしの間無言になったのち、続けてきた。

「そう言ったら、君はどうするつもりだい?」

「…………」

無色は、すうっと息を吸うと、首を横に振った。

「その前提は成り立ちません」

「……ほう? どういうことかな」

「彩禍さんはそんなこと言いませんから」

無色が言うと、彩禍はやれやれといった様子で肩をすくめた。

「からかい甲斐(がい)がないな、君は」

「すみません。でも今の顔は、本心を言う彩禍さんの表情ではなかったので」

「……そんな顔してた?」

彩禍がぐにぐにと自分の頬をこねるように弄(いじ)る。こんな局面だというのに、なんだか微笑ましくなってしまった。

そんな気配を察したのだろう。彩禍は気を取り直すようにコホンと咳払いをすると、表情と口調を黒衣のものに戻して、続けてきた。

「――つまるところ、人と人との闘争とは、我が儘の通し合いということです。それぞれに理由があり、事情がある。勧善懲悪などは物語の中にしか存在しません。

相手は不夜城家当主・不夜城青緒。生半な相手ではありません。彼女に勝とうというのであれば、その思いを、その背後に横たわる全てを、踏みにじる覚悟が必要です。

無色さん。改めて問います。あなたは瑠璃さんを救いたいですか？　たとえそれが、どのような結果を生むことになったとしても」

「――はい」

無色は、まっすぐ黒衣の目を見返しながら、首肯した。

軽く答えたつもりはない。たとえ何をおいてでも瑠璃を助けるという覚悟は、とうに定まっていただけの話だ。

無色の表情からそれを感じ取ったのだろう。黒衣は静かに目を伏せ、うなずいた。

「――結構。では、再開と参りましょう」

「はい。じゃあ早速、存在変換をお願いします」

無色が黒衣の肩を掴みながら言うと、黒衣はそれを拒絶するようにぐいと手を突っ張ってきた。

「話は最後まで聞いてください。——先ほどの戦いの最中、青緒さんを【審問の目】で見たところ、あることがわかりました」

「あること？」

「はい。それは——」

黒衣は、静かにそれを告げてきた。

「——」

青く燃え盛る瓦礫の野の中、不夜城青緒は細く息を吐きながら、油断なく辺りを見回していた。

彩禍に生じた僅かな隙を衝き、必殺の一撃を叩き込みはしたものの、まったく手応えがなかったのである。

恐らく、何らかの方法で直撃を免れたのだろう。相手は久遠崎彩禍。奥の手の一つや二つ——否、一〇〇〇や二〇〇〇持っていても不思議ではない。

そして、あの執念深い彩禍が、やられっぱなしで逃げるとも思えなかった。きっと今もどこかに姿を隠しながら、こちらの様子を窺っているに違いない。青緒は薙刀を握る手に力を込めると、声を辺りに響き渡らせた。

「──彩禍さん。いつまで隠れているつもり？　あまり悠長なことをしていると、魂と肉体が完全に馴染んでしまうわよ？」

そして、あえて弱みを晒すような挑発をする。

実際、まだ完全に魂と身体が馴染んでいないのは事実だった。このまま彩禍が姿を隠し続けるのならば、それはこちらにも有利に働くだろう。けれどそれを加味してなお、彩禍に策を準備させる時間を与えてしまう方がリスクが高いと判断したのである。

するとその挑発に応ずるかのように、青緒の死角から、何かが飛んできた。

「ふん──」

青緒は微塵の狼狽もなく【燐煌刃】の刃を揺らめかせると、その飛来物を薙ぎ払った。

瞬間、そこを起点に爆発が起こる。恐らく、投擲剣に爆破の術式か何かを付与したものだろう。

しかし、第三顕現を纏った青緒にこの程度の攻撃が通じるとは、彩禍も思ってはいるまい。本命を隠すための陽動と考えるのが自然だった。

そんな青緒の思考を証明するかのように、爆風に紛れるようにして、一つの人影が走り寄ってくる。

「甘いわよ、彩禍さん——」

が、【燐煌刃】を振りかぶった青緒は、そこで眉をひそめた。

理由は単純。爆風の中から現れたのが、彩禍ではなかったのである。

色素の薄い髪に、中性的な面の少年。——いつの間にやら姿を消していた瑠璃の兄・玖珂無色だ。

「——今です、彩禍さん！」

「な——!?」

無色がそう叫んだ瞬間、後方から微かな物音がする。

青緒は慌ててそちらに目をやった。

しかし、そこにあったのは、彩禍の侍従・烏丸黒衣の姿だった。

「…………！」

——二重、否、三重の囮。ならば彩禍はどこから仕掛けてくる——？

彩禍の力を知るがゆえの思考。その逡巡が、青緒の意識にほんの僅かな空隙を作った。

そして、その一瞬の隙を衝いて。

二番目の囮であったはずの無色が足を踏み込み、青緒に肉薄してきた。

「――――っ！」

その意図はまったくわからない。これもまた彩禍から意識を逸らすための陽動なのだろうか。だが、だからといってここまで接近した相手を放置することもできなかった。すぐさま間合いから排除すべく、【燐煌刃】の刃を揺らめかせる。

青い刃の先端が、無色の身体を袈裟懸けに切り裂いた。

「く……ぁ……っ！」

仮にも不夜城の血脈。別に青緒とて、命まで取ろうとは思っていない。が、向かってくる相手の足を止めるには十分な攻撃のはずだった。纏っていた服に線が走り、血が滲む。

が――無色は、微塵の逡巡も躊躇も見せず、そのまま足を踏み込んできた。

「瑠……璃……！」

「な――」

その鬼気迫る様に、青緒は微かに眉根を寄せると、薙刀の柄を強く握った。

殺すつもりはなかった。けれど、向かってくる脅威に手加減をするほどお人好しではない。今度は首筋に狙いを定め、【燐煌刃】の刃を振るおうとする。

しかし。

「大丈夫……瑠璃は──俺が、守るから──」

「────」

その言葉を耳が捉えた瞬間、青緒は小さく息を詰まらせた。

──【燐煌刃】が、思い通りに動かなくなったのである。

普通に考えるのならば、魂と肉体の齟齬による偶然か、不意を衝かれたがゆえの狼狽に端を発するミスとするのが自然だ。

けれどそれはまるで【燐煌刃】が──否、瑠璃の身体が、彼への攻撃を拒絶したかのようだった。

とはいえ、だからといって何がどうなるわけでもない。青緒は第三顕現を展開している。無色が如何な攻撃を試みようと通用するはずが──

「──え？」

次の瞬間、無色がとった行動に、青緒は素っ頓狂な声を漏らした。

だがそれも当然だ。

何しろ無色は、攻撃を仕掛けるのではなく──青緒の頬に手を添え、そのまま自分の唇を、青緒の唇に触れさせてきたのだから。

柔らかな感触。そしてそれに応ずるように頭中に広がる混乱。

青緒はそんな不可解な状況の中、意識が遠のいていくのを感じた。

◇

（…………）

広い部屋に、仮面を着けた少女たちが幾人も居並んでいた。

そしてその最奥に掛けられた御簾の奥に、女の人の影が見える。

母に連れられてここにやってきた瑠璃は、部屋の隅で、居心地悪そうに肩を窄ませていた。

（――報告書は読ませてもらったわ）

御簾の奥から、静かな声が響く。

不夜城家当主・不夜城青緒。幼い瑠璃にはよくわからなかったけれど、そこにいるのがとても偉い人ということだけは、なんとなく理解できた。

（まさか、妹を守るためとはいえ、僅か一〇歳で顕現体を発現させ、滅亡因子を倒すだなんてね。――藍が男の子を産んだって聞いたときは驚いたけれど……何かあるのかしら）

（…………）

瑠璃の母は、何も言わずに目を伏せていた。でも、瑠璃はあまり不思議には思わなかった。――本当は、ここに来るのも嫌がっていたくらいだったから。

すると、周りに座っていた仮面の少女たちが、小さな声で話し始める。

(――凄いわね。このまま修練を積んだなら、どれだけの魔術師に――)

(でも、男子の身体じゃあ、当主様の器には――)

(そうかもしれないけれど、魔術師としてだけでも十分な――)

などと、口々に言う。

どうやら、兄の話をしているらしい。――褒められているのは確かなようだったけれど、なぜだか瑠璃は少し嫌な気分になった。

そこで、青緒が小さく咳払いをする。

少女たちのお喋りがぴたりと止まった。

(確かに、恐るべき才能よ。でも、同時に危ういわね。もしも彼がこのまま研鑽を積んで顕現段階を上げていったとしたなら、それはいずれ、彼自身の存在をも蝕むことになりかねない――)

(ですが当主様、これだけの才、みすみす見逃すことは惜しいかと)

(もとより我らは、世界を守るための礎)

(その命で人々が救えるのならば――)

仮面の少女たちが、再び声を発する。青緒は思い悩むように、小さく息を吐いた。

（………っ！）

詳しいことはわからない。

けれど——今何かをしなければ、兄に不幸が降りかかるであろうことだけは、何となくわかった。

瑠璃はその場に立ち上がると、か細い声を響かせた。

（わ、私が——）

（……っ、瑠璃——）

母が、瑠璃を抑えようと肩に手を置いてくる。しかし、瑠璃は構わず言葉を続けた。

（私が兄様の代わりに戦います……！）

（——本気で言っているの？）

青緒が、興味深そうに首を傾げた。

（——はい）

瑠璃は御簾の奥の影を真っ直ぐ見据えながら、落ち着き払った声で答えた。

（私は、魔術師になります。誰にも負けないくらい強い魔術師に。どんな滅亡因子も倒せるくらい、強い魔術師に。

世界に仇なすものがいるならば、私が全て倒します。
それができるくらいに、強くなってみせます。だから――)
瑠璃は、きゅっと拳を握った。
(――兄様だけは、普通の人間でいさせてください)
(…………)
青緒はしばしの間無言になると、やがてふっと息を零した。
(落第生がどれだけやれるか、見物ではあるわね。
――いいわ。やってみせなさい)
青緒が扇子の先端を向けるようにして言ってくる。
瑠璃は決意とともに、ぐっと拳を握った。

◇

――そんな昔のことを、なぜ今思い出したのかはわからない。
けれどその記憶が、闇に沈んでいた瑠璃の意識を手繰り寄せるきっかけになったのは、
確かなように思われた。
「ん……ぅ……」

まるで微睡みから醒めるように、曖昧だった感覚が実像を帯びていく。

鼓膜を震わす微かな音。鼻腔をくすぐる匂い。唇に触れた柔らかな感触――

……………唇に触れた柔らかな感触？

「――――っ！」

触覚と意識が結びついた瞬間、瑠璃はくわっと目を見開いていた。

そして、自分が置かれた状況を認識し、さらに頭を混乱させる。

しかしそれも当然だ。何しろ無色が、眠り姫の王子様よろしく、瑠璃の唇に情熱的なキスをかましていたのである。

「…………っ!?　…………………！？？！？！？」

――意味がわからない。瑠璃は目を白黒させた。つまりこれは、意識のなかった瑠璃に無色が辛抱たまらなくなってキスをしてしまったということだろうか。そんなの言ってくれればいつでも……いやいやいや、瑠璃と無色は仮にも兄妹なのだ。無色なりに葛藤があったのかもしれない。この関係を壊したくない。けれど心に灯る情熱の炎はとどまるところを知らず、やがて一線を越えてしまう――嗚呼、だとするならば瑠璃はどうするべきなのだろうか。受け入れて抱きしめ返す？　意識のない振りを続ける？　どうしたらいいの。教えてお母さん。教えて緋純。教えてベッドの下のレディコミのヒロインたち――

と、瑠璃がそんなことをぐるぐると考えていると、視界に変化が起こった。

瑠璃にキスをしていた無色の身体が淡く輝いたかと思うと、その姿が、彩禍のものに変貌したのである。

「…………!?!?!?!?!?!?!?!?!?!?!?!?!?!?!?!?」

——瑠璃は、さらに混乱した。開頭手術をして脳を取り出し、ミキサーでぐっちゃぐっちゃにかき混ぜてから頭蓋に戻したかと思うくらい混乱した。だってそれはそうだ。無色が、彩禍に変身とか。しかも瑠璃とキスしながらとか。ちょっと瑠璃に都合のいい妄想すぎる。いや、別に瑠璃は彩禍のことをラヴ的な目で見ていたわけではなく、あくまで尊敬と崇敬の対象として敬愛していたのであって、決してキスをしたいとかそんな大それたことを思っていたわけではあっ魔女様の唇ちょうやわらかい……ぷるんとしてる……

蕩けた脳が耳から零れ落ちるかのような感覚の中、瑠璃は一つの結論に達した。

——あ、夢だわこれ。

夢なら仕方ない。瑠璃は安心してガクリと身体から力を抜いた。

「——瑠璃!」

彩禍と化した無色は、その場に倒れそうになった瑠璃の身体を、優しく抱き留めた。
するど瑠璃が、辿々しく口を開いてくる。

「ま、魔女……様……？」

「ああ。大丈夫かい、瑠璃」

無色がにこりと微笑みながら言うと、それに合わせるようなタイミングで、黒衣が走り寄ってきた。

「──どうやら、成功したようですね」

そして、小さく息を吐きながらそう言ってくる。

これこそが──黒衣の用意した秘策だった。

青緒の魂と瑠璃の身体は、まだ完全には馴染みきっていなかった。それこそ、何らかの手段で外部から魔力を吸い出すだけで、その結びつきが解除されてしまうくらいに。

そして無色は、僅かではあるが、対象から魔力を吸収する術を持っていた。

そう。──キスだ。

通常は黒衣と行う手法であるが、事前に術式を施してもらうことにより、他の人間からも魔力を吸収することが可能だったのである。

それは、無色の身体から彩禍の身体へ存在変換するための副産物のようなものであったが、なんとか上手くいってくれたようだ。

と、無色が安堵の息を吐いていると、瑠璃が目をぐるぐると回しながら続けてきた。

「あの……変なこと聞いてもいいですか……」

「ああ、なんだい？」

「……魔女様、さっきまで、無色じゃありませんでした？」

「…………」

無色は無言で目を逸らした。

黒衣も無言で目を逸らした。

……そう。これは青緒から瑠璃の身体を取り戻す唯一の方法だったのだが——瑠璃の前で存在変換をしてしまうという、大きな大きな問題があったのである。

「えっ、なんで目を逸らすんですか……？　って、いうか……あの……き、キス……してましたよね？　私に。それで……無色が魔女様に……」

「瑠璃」

無色は優しく微笑みながら言うと、つん、と瑠璃の額をつついた。

「どうやら、面白い夢を見ていたみたいだね。お寝坊さん」

「夢……？　ああ……そっか……私……夢を……」

瑠璃は安堵したように瞳を閉じ――

「――って、んなわけあるかぁぁぁぁぁぁぁぁぁぁぁぁっ！」

なかった。バネ仕掛けのようにビヨンと跳ね起き、顔を真っ赤に染めながら目を見開く。

「ど……っ、どどどどどどどどういうことですかこれはっ！　魔女様が無色で無色が魔女様で――ていうか、あぁぁぁぁっ！」

そこで瑠璃が、何かを思い出したようにハッと肩を揺らす。

「そ、そういえば図書館地下で喰良と戦ったとき、無色、喰良にキスしてなかった!?　てっきり見間違いか何かかと思ってたけど、それで無色が魔女様の姿になってたような――」

「…………」

無色は困り顔で黒衣を見た。

黒衣はしばしの間考えを巡らせていたが、やがて諦めたように頭を振った。

「物事にはリスクが付き物です。瑠璃さんの奪還という目的の代償としては、致し方ないことでしょう」

「…………そうだね」

無色はふうとため息を吐くと、ゆっくりと姿勢を正した。

そして、言い聞かせるような口調でそう言う。——如何に混乱していようと、瑠璃が彩禍の言葉を無視することはないという確信があったのである。

「ふ、……ふぁい」

無色の予想通り、瑠璃は大人しく首肯してきた。

「ありがとう。約束しよう。事情は必ず説明する。だが、今はそれより——」

と、そこで。

無色の言葉を遮るかのように、残っていた不夜城本邸の一部が爆発した。

「…………！　何⁉」

瑠璃が眉根を寄せ、腰を落とす。黒衣もまた、油断なくそちらを見やった。

するとそれに応ずるように、青い炎の羽を持った巨大な鳥と、それを従えた魔術師が姿を現した。

上等な和服を纏い、頭部に二画の界紋を展開した少女である。

憤怒の表情に染まったその顔は、瑠璃に瓜二つだった。

「……やってくれたわね、彩禍さん。何をしたのか知らないけれど、私の魂を瑠璃の肉体から引き剝がすなんて——」

そして、忌々しげにそう言ってくる。

その言葉で、確信する。——彼女こそが不夜城家当主・不夜城青緒の、本来の身体であると。どうやら瑠璃の身体から引き剝がされたあと、元の身体に戻ったらしい。

否、本来の身体——というのも語弊があるだろうか。恐らくあの身体もまた、無数の複製の中から選ばれた器なのだろう。

「……青緒」

どうやら青緒には、無色と彩禍の関係はばれていないらしい。無色は至極彩禍らしい仕草でそちらに向き直った。

「もう、やめにしないか。瑠璃はもう、君のものにはならない。——わたしが、させない」

「……駄目よ。私には、瑠璃が必要なの。滅亡因子に負けない、強い身体が……ッ！」

青緒は、目を血走らせながら、呻くように叫んだ。

そして、そのまま口元を押さえ、激しく咳き込む。

「けほ……っ、けほ……っ——」

「……！」

それを見て、無色は思わず眉をひそめた。

青緒の口から、夥しい量の血が零れていたのである。

「青緒、君は一体――」

――と。

無色が言った、そのときであった。

「…………!?」

不夜城本邸を――否、〈方舟〉全体を、凄まじい震動が襲ったのは。

# 第五章　古の讐敵が今　目を覚ます

「──何ごとだ！」

〈庭園〉騎士にして教師、アンヴィエット・スヴァルナーは、三つ編みに結わえた髪を振り乱しながら、〈庭園〉作戦本部の扉を開け放った。

二〇代半ばほどの、長身の男である。常に険を帯びたような双眸は今、平時よりもさらに鋭く研ぎ澄まされていた。

とはいえそれも無理からぬことではある。何しろ先ほどから、〈庭園〉内に、最厳重警戒を示す警報が鳴り響いていたのだから。

〈空隙の庭園〉は、魔術師養成機関であると同時に、対滅亡因子の基地でもある。中央管理棟は滅亡因子出現時、魔術師たちを統括する司令部となるのだった。

そこでは既に、幾人もの職員が慌ただしく作業に追われていた。

その中に、〈庭園〉騎士ヒルデガルドとエルルカの姿を見つける。アンヴィエットは大股でのしのしとそちらに歩いていくと、再度問いを発した。

「最厳重警戒だァ……？　一体何があった！　説明しろ！」

「ひっ、ひぃぃぃ……っ！」

アンヴィエットが言うと、ヒルデガルドが肩をビクッと震わせ、エルルカの背に隠れるように膝を屈めた。

「そう凄むな。ヒルデが怯えておろう」

エルルカがヒルデガルドの頭を撫でながら言ってくる。小柄な体躯に白衣を纏った、〈庭園〉医療部の責任者である。騎士の中でも最古参の彼女だったが、見た目は中学生くらいのため、言動とのギャップが凄かった。

「……別に凄んじゃいねェ」

アンヴィエットは苛立たしげに眉根を寄せると、やれやれと息を吐いた。

「何でもいいから、早く状況を説明しやがれ」

「だそうじゃ、ヒルデ」

エルルカが話を取り次ぐかのようにヒルデガルドに言う。ヒルデガルドはエルルカの肩越しに、恐る恐るアンヴィエットの様子を窺うように顔を覗かせた。

「も……もっと優しく言ってくれなきゃやだ……」

「……すみませんが状況を説明してくれませんかねェ」

頬をひくひくと動かしながらアンヴィエットが言うと、ヒルデガルドは卑屈そうな――しかしそれでいてどこか調子に乗ったような――表情を浮かべながら続けてきた。

「も、もうちょっと……王子様みたいに……」

「………、オレには君が必要なんだ。どうか話を聞かせてくれないかな、子猫ちゃん」

「そ、そこにほんのりと甘えん坊感が入ると……？」

「よし、殴ろう」

さすがに我慢の限界だった。ブンブンと肩を回す。

ヒルデガルドは「ひぃぃっ！」と怯えた声を発すると、再度エルルカの背に隠れた。

「そこまでにしておくがよい、ヒルデ。今は緊急事態じゃ」

「う、うん……ごめんなさい……」

エルルカに言われ、ヒルデガルドが中央端末に手をかざす。

するとそこに、球形の立体映像が投影された。

「あ？　こいつァ――」

それを見て、眉を歪める。

どうやらそれは、地球を模したイメージ映像のようだったのだが――次の瞬間、日本近海に印が点灯したかと思うと、そこを起点に海が撓み、地球全体に波が広がっていったのである。

そしてその怒濤は、みるみるうちに地球上に存在するあらゆる島を、大陸を呑み込んでいってしまった。あとに残ったのは、標高三〇〇〇メートルを超えるような山々の先端のみである。

「な——んだと……？」

目の前で展開された悪夢のような映像に、アンヴィエットは渋面を作った。

「……おい、一体何の冗談だこりゃあ。悪趣味にもほどがあんぞ」

「残念なことに冗談ではない。今まさに、世界に起こりつつある現象のシミュレーション映像じゃ。

——恐らく今から一時間と経たぬうちに、世界中の陸地は海に呑み込まれる。防ぐ手立ては今のところ、ない。〈庭園〉に防壁を張って耐える他ないの。外部に出ている魔術師に緊急退避の連絡を入れているところじゃ。たとえ可逆討滅期間のうちに原因を除いたとて、死した魔術師は生き返らぬからの」

「ちょっと待て！　これが滅亡因子だってのか⁉　こんな馬鹿げた——」

言いかけて、アンヴィエットは息を詰まらせた。

確かに冗談としか思えない、馬鹿げた現象だ。ただ、それを可能とする滅亡因子の名に、覚えがあったのである。

「まさか――」

アンヴィエットの言葉に、エルルカはこくりとうなずいた。

「そのまさかじゃ。滅亡因子〇〇四号：〈リヴァイアサン〉。

――今からおよそ二〇〇年前、彩禍が〈方舟〉の不夜城青緒とともに打ち倒した、神話級滅亡因子じゃ」

――地を揺り動かす凄まじい震動の中、滅亡因子の出現を示す警報が鳴り響く。

にわかに非常事態となった〈方舟〉・不夜城本邸で、無色たちは吐血する青緒の姿を呆然と眺めていた。

「あ……ぐ……っ――」

「……!? な……」

と、青緒が、そしてなぜか瑠璃までもが、胸元を押さえながらその場に蹲った。青緒に黒衣が駆け寄り、瑠璃の隣に無色が膝を折る。

「大丈夫かい、瑠璃」

「はい……なんでしょう、急にこの辺りが痛んで……」

言いながら、首元を露出させる。

見やると、瑠璃の鎖骨の間に、刻印のようなものが現れていることがわかった。奇妙な紋様を描くように深々と肌に裂傷が生じ、じわりと血が滲んでいる。

「な、何これ……」

どうやら瑠璃も覚えのない傷らしい。困惑するように言いながら指先でそれに触れ、顔をしかめる。

「――――、不夜城学園長、これは」

と、青緒の胸元にも同様の傷が生じていたらしい。黒衣が何か心当たりがあるかのように呟き、視線を鋭くする。

「黒衣も、気づいたかい」

無色は意味深な表情を浮かべながらそう言った。実際のところこの刻印が何を意味するのかはまったくわからなかったのだが、青緒の見ている前で久遠崎彩禍が無知を晒すわけにもいかなかったのである。

「はい。――恐らく、呪毒の類です。それも、非常に強力な」

すると黒衣が、無色の意図を察したように簡潔に説明してきた。

「魔力によって施された呪いにして毒……その効果は対象の存在そのものに刻まれ、薬剤での解毒はまず不可能です。このようなもの、一体いつ、誰に」

「…………」

黒衣の言葉に、青緒は刻印を隠すようにしながら顔を逸らした。

と、そこで、イヤホンからヒルデガルドの声が響いてくる。

『さ、彩禍ちゃん、黒衣ちゃん……！』

「――ヒルデ。一体何があったんだい」

瑠璃や青緒のことも気にはかかったが、〈方舟〉を襲う震動のことも無視はできなかった。耳元を押さえながら聞き返す。するとヒルデガルドは、焦ったような調子で続けてきた。

『な、なんか……海が、大変みたい。〈リヴァイアサン〉が復活したって――』

「――〈リヴァイアサン〉が……復活？」

「…………っ！」

ヒルデガルドの言葉を受けて無色が呟くと、青緒が目を見開いてきた。

「なん……ですって……？」

そして、口元の血を拭いながら、よろよろと身を起こす。

するとまるでそれに合わせるかのようなタイミングで、後方から絶叫じみた声が響いてきた。

「当主様！」

疾風のように無色たちの脇を駆け抜け、青緒の元へ至ったのは、風紀委員の浅葱だった。先ほど無色が仮面を割ってしまったためか、素顔を空気に晒している。彼女は瑠璃と瓜二つの顔を警戒と怒りの色に染めながら、青緒を守るように立ちはだかった。

「うわっ、また私と同じ顔……!?」

それを見てか、瑠璃が驚いたように目を見開く。

しかし浅葱は意に介さず、青緒に肩を貸して立ち上がらせた。

「大丈夫ですか、当主様！　くっ……何ということを──」

そしてそう言いながら、こちらに敵意の籠もった視線を向けてくる。

まあ、口と胸元から血を流しながら膝を突いている青緒と、それと向かい合っている無色たちを見たなら、彼女の反応も無理のないことかもしれなかったけれど。

「浅葱。勘違いしないでほしいんだが、わたしたちは何も──」

誤解を解こうと声を上げる。が、無色が言葉を発し終わるより早く、周囲から幾人もの仮面の少女たちが集結してきた。

「みんな、あそこよ！」

「助けに参りました、当主様！」

「えっ、久遠崎学園長が当主様を袋叩きに⁉」

口々に叫びながら、無数の風紀委員が聞く耳持たずといった様子で臨戦態勢を取ってくる。もはや完全にこちらが悪役扱いだった。

が。

「……静かになさい」

青緒が一言口にした瞬間、風紀委員たちは水を打ったように静まりかえった。

憎々しげに言いながら、着物の胸元を握りしめる。

「……今はそれどころじゃないわ。あの滅亡因子が復活したというのが本当なら――」

と、そこで無色は気づいた。浅葱や他の風紀委員の胸元にも、青緒や瑠璃と同様、血が滲んでいることに。

恐らくときを同じくして黒衣もそれに気づいたのだろう。微かに目を細めながら、無色にぽつりと耳打ちしてくる。

それを受けて、無色は青緒に声を発した。

「――その呪毒、もしや受けたのは二〇〇年前かい？」

「…………」

無色の言葉に、青緒は無言のまま、しかし着物の胸元を握る手に、さらに力を込めた。

そしてやがて、ふっと諦めたように息を吐く。

「……相変わらず、勘がいいわね」

「これだけ材料が揃(そろ)えば、嫌でもわかるさ。——そうだろう、黒衣」

「はい」

無色は同意を求めるように言った。——実を言えば無色はまだ状況が完全には理解できていなかったのだが、青緒の反応を見るに、きっと彩禍の口からそれを告げることが重要だったのだろう。

黒衣が、無色の言葉を継ぐように続ける。

「不夜城学園長の複製である風紀委員(アズールズ)、そして瑠璃さんにも同様の呪毒刻印があるということは、それが『不夜城青緒』という存在そのものに刻まれた傷であるという証左でしょう。いわば、生命というシステムの一部を書き換えられたようなもの。そのような強力な呪毒を有するのは、滅亡因子の中でもごく一部のみです。

それこそ——二〇〇年前、不夜城学園長が彩禍様とともに戦われたという神話級、〈リヴァイアサン〉のような。……このタイミングで刻印が顕在化したのも、その影響によるものでしょう」

「……あらあら、困ったわね。彩禍さんは侍従まで優秀なの？」

「……あなたほどの魔術師が、なぜ『婚礼の儀』などという非効率な儀式を用いていたのかが不思議でならなかったのですが……ようやく腑に落ちました」

すると、瑠璃が困惑するように手の平を広げた。

「ちょ、ちょっと待ってよ黒衣。もっとちゃんと説明してちょうだい！」

当然といえば当然の反応である。黒衣が、こくりと首肯しながら続ける。

「不夜城学園長に刻まれた呪毒は極めて強力なものです。対象の身体を日々蝕み、通常の人間であれば数年、魔術師であっても二〇年——長くて三〇年程度でその命を奪うでしょう」

「……な——」

瑠璃が目を見開く。

すると青緒が、自嘲気味に息を吐いた。

「……お恥ずかしいことにね。二〇〇年前、彩禍さんと一緒に〈リヴァイアサン〉と戦ったとき、おみやげをもらってしまったの。

——でも、私は死ぬわけにはいかなかった。私という魔術師は世界にとって、それくらい重要なピースになっていた。彩禍さんならわかるでしょう？　もしも自分が死んでしまったなら、世界は一体どうなるのか――考えたことがないとは言わせないわよ」

「…………っ」

青緒の言葉に、無色は小さく息を詰まらせた。

すると黒衣が、静かに続ける。

「己の存在に刻まれた死の運命に抗うため、己の複製を作り、魂を転移させることで今まで永らえてきた――ということですね。

しかし複製された存在もまた『不夜城青緒』であるため、短命であることに変わりはない。身体が一〇代のうちに魂を転移させたとしても、およそ一〇年周期で身体を乗り換える必要が出てくるでしょう」

「え……？」

瑠璃が自分の胸元を押さえながら渋面を作る。

それは、思わぬところで定められていた己の余命を宣告されたことに衝撃を覚えているようにも見えたし、青緒の悲痛に過ぎる決断に心を痛めているようにも見えた。

そんな様子を見てか、青緒が視線を鋭くする。

「……自分の悪徳は理解しているわ。言い訳をするつもりもない。私は私の欲のために禁忌を犯して数多の命を生み出し、摘み取り続けた悪鬼羅刹。いつかきっと、その報いを受けることになるでしょう」

「何を仰るのです、当主様！　あなたが我欲のために動いたことなど——」

青緒の自嘲めいた言葉に、浅葱が声を上げる。

「……なるほど」

するとそれを受けてか、黒衣が細く息を吐いた。

その表情には、立場を同じくする者への理解と同情、そして友の不徳を諫めようとしているかのような色が滲んでいた。

「不夜城学園長。あなたの献身と、世界への愛に敬意を表します。ですが——」

黒衣は、静かな悲哀を乗せるように、キッと視線を鋭くした。

「それならばなぜ——もっと己の愛する者たちを、信じてあげられなかったのですか」

「え……？」

「——」

黒衣の言葉に、青緒は呆然と声を発し——無色は、ハッと息を詰まらせた。

——青緒との戦いのさなか、黒衣は言った。青緒と自分に、一体どれほどの違いがあるのかと。

確かにそれは一つの真実ではあったのだろう。一を助けるために多を犠牲にすることは、彩禍には許されなかったのだから。

けれど、彩禍には青緒と決定的に違う点があった。

それを、無色の存在が証明していたのである。

「……君が世界を愛していることはよくわかった。そこに息づく者を想っていることは痛いほどに理解できた。きっとわたしも、君と同じ状況になったなら、似たようなことを考えるだろうさ」

無色は、黒衣の言葉を継ぐように声を発した。

自分に、そんな大層なことを言う資格があるのかどうかはわからない。

けれど、今の無色は久遠崎彩禍。きっとこの言葉は、青緒と立場を同じくする彩禍の口から発されねばならないものだという確信があった。

「しかし、あえて問おう。……ここにいる瑠璃は、今君を支える浅葱たちは、君の自慢の〈方舟〉の生徒たちは――君の庇護を受けなければ生きていけない、か弱い存在なのか？君の跡を継げる者は――君を超える魔術師は、未来永劫現れないのか？」

「それ、は……」

無色と出会ったとき、死に瀕した彩禍は言った。

——君に、わたしの世界を託す、と。

それはきっと、やむを得ない措置だったのだろう。そうしなければ二人の命は潰え、世界もまた崩壊に向かっていた。

だから、あくまでこれは結果論に過ぎない。

けれどそれでも——彩禍は、無色に、全てを託してくれた。

無色というか細く頼りない存在を、信じてくれた。

だからこそ無色は今、こうして生きているのである。

「魔術を用いて命を永らえたとしても、わたしたちは永遠に生きられるわけではない。いつかは、後進に想いを託さねばならないときがくる」

じわりと、目頭が熱くなる。彩禍として言葉を発するうちに感情が昂ぶってしまったのかもしれなかった。

けれど、滲みかけた涙を拭うこともせず、無色は続けた。

「だからこそ、その可能性を摘むことだけは、あってはならない。

——それが、わたしたちが未来に負う、責任だろう」

「…………っ、私、は——」

無色の言葉に。青緒は声を詰まらせながら顔を覆った。

青緒が己のために命を永らえてきた存在であったなら、こんな言葉に意味はなかっただろう。

けれど、青緒もまた彩禍と同様、世界を愛し、守る魔術師に他ならなかった。

だからこそ、無色はその言葉を伝えねばならなかったのである。

——やがて、青緒が顔を上げる。

その双眸は、泣き腫らしたかのように赤くなっていた。

「……そうね。その通りだわ。きっと……頭のどこかではわかっていたのよ。こんな歪なことがいつまでも続くはずがないって。

……きっと、怖かったのね。子離れできない親のように。私のいない世界で、この子たちが本当に生きていけるのかが」

「当主様——」

浅葱が、痛ましそうな表情を作りながら青緒に寄り添う。

青緒はその手に己の手を重ねると、瑠璃の方に視線をやった。

「……瑠璃」

「は……」

緊張した面持ちで、瑠璃が応える。すると青緒は、憑き物が落ちたかのような表情で続けた。

「……今さらと思うかもしれないけれど、ごめんなさい。私は、あなたという未来を、この世界から取り上げてしまうところだった」

「…………」

瑠璃はしばしの間黙り込んだのち、ふんと鼻を鳴らした。

「本当に今さらです。一体、人の身体をなんだと思っているんですか」

でも、と瑠璃が続ける。

「……あなたが長きにわたり、この海を守り続けてきたことは事実です。そのために礎となった無数の『あなた』の功績だけは、否定しないでください」

「瑠璃――」

が、青緒の声は途中で中断させられた。

理由は単純。〈方舟〉を、より強い震動が襲ったからだ。

「く……っ」

「これは――」

「のあっ……！」

風紀委員たちがバランスを保とうと足を踏ん張る中、青緒は激しく咳き込んだのち、無色たちに視線を向けてきた。

「……もしもあの〈リヴァイアサン〉が本当に現れたというのなら、何の冗談でもなく世界は海に沈むわ。

——調子のいい話と思われるかもしれないけれど、協力してはくれないかしら。あの化生(けしょう)を倒すためには、あなたたちの力が必要なの」

そして、血の滲(にじ)んだ唇を歪(ゆが)めながらそう言ってくる。

確かに、調子のいい話ではある。何しろ青緒は瑠璃の身体を乗っ取ろうとしていた張本人であり、つい数分前まで切り結んでいた相手なのだ。

けれど無色は、一瞬の逡巡(しゅんじゅん)もなくうなずいた。

——彩禍ならば、きっとそう答えるであろうという確信があったのである。

「無論だ。世界を救うのが、我らの使命なのだから」

——荒れ狂う漆黒の海に、奇妙なシルエットが幾つも現れていた。

一つ一つは、巨大なアーチに見えたかもしれない。波打つ海面から顔を出すように、半円形の『何か』が聳(そび)えているのである。

問題は、その数と規模だった。

正確な数を把握することさえ困難であろう膨大な量のアーチが、水平線を埋め尽くすかの如く出現している。まるで冗談か前衛芸術としか思えない光景が今、太平洋沿岸部に広がっていた。

運良く——否、悪くか——その光景を目撃した者も、想像だにしないだろう。

——その無数のアーチが、全て海中で繋がっていようなどとは。

【————————————————】

神話級滅亡因子〈リヴァイアサン〉は、その長大に過ぎる体躯をうねらせるように身じろぎすると、悲鳴じみた絶叫を曇天に轟かせた。

◇

「————」

〈虚の方舟〉作戦本部に、緊迫感を帯びた沈黙が流れる。

理由は至極単純なものだった。本部の壁に設えられたメインモニタに、神話級滅亡因子

〈リヴァイアサン〉の姿が映し出されたからだ。

——見渡す限りの大海に、長い長い身体が横たわっている。先日現れた巨大な〈クラーケン〉が小魚に見えてしまうような、馬鹿げたサイズである。あまりの現実感のなさに、無色は何となく、スープに浸った麺料理を思い起こしてしまった。

「……あら、あら」

そんな緊迫した空気を裂くように声を発したのは、かつて実際にその姿を目にしたことのある魔術師の一人——青緒だった。

「随分とまあ、みすぼらしい姿になったものね」

そして、目を唇を歪ませ、嘲るように言ってみせる。

一瞬、皆の間に流れる戦慄を緩和させるための言葉かとも思ったが——違う。

青緒の表情にそのような色は見受けられなかったし、何より、モニタに映る〈リヴァイアサン〉をよくよく見ると、その身体には肉がほとんどついておらず、歪な骨が露出していることがわかったのである。

まるで博物館の骨格標本か、さもなくば雑に食べ散らかしたあとの魚といった様相である。あまりに巨大なその体軀に圧倒されていたが、その姿は青緒の言うとおり、極めてみすぼらしい様であった。

　しかしゾンビの如きその姿は、無色たちに別の事柄を想起させた。黒衣の呼びかけに短く答える。

「……ああ」

「――彩禍様」

「よく似ている。――喰良の第四顕現と」

　無色が言うと、青緒がぴくりと眉を揺らした。

「ふうん……ここでその名前が出てくるとはね。〈リヴァイアサン〉の復活……一体何が起こったのかと思ったけれど、〈ウロボロス〉の権能だっていうわけ？」

「恐らく――だけれどもね。喰良の第四顕現、【輪廻現生大祝祭】は、その場で死した者を蘇らせる力を有していた。彼女ならば、かつて討伐された神話級滅亡因子を復活させることも不可能ではないだろう」

　無色の言葉に、微かなざわめきが広がる。

　とはいえ仕方のないことだろう。何しろそれは、〈リヴァイアサン〉以外の神話級滅亡因子の復活の可能性をも示唆していたのだから。

　これから〈リヴァイアサン〉と戦おうというのに、皆を狼狽させてしまうのも上手くない。無色は少し声のトーンを上げながら、大仰に肩をすくめてみせた。

「──喰良も難儀なことをする。またわたしに倒されたいようだ」

無色が言うと、誰かが小さく吹き出すのが聞こえてきた。それを起点とするように、少し空気が柔らかくなる。──彩禍の存在の大きさを、改めて知る無色だった。

「とにかく、放ってはおけないわ。──地上の様子はどう？」

『──それは、こちらから報告しよう』

青緒の声に応えるように響いたのは、聞き覚えのある声音だった。

次の瞬間、モニタの一部にウインドウが開き、エルルカの顔が映し出される。

そう。地上と連携を図るため、ヒルデガルドに要請して、〈庭園〉と通信を繋いでもらっているのである。

「あら──お久しぶりね、エルルカさん。元気そうで何よりだわ」

『久しいの、青緒。──ぬしはあまり元気そうには見えぬな。死相が出ておるぞ』

「相変わらず言いたいことを言ってくれるわねえ」

エルルカの言葉に、風紀委員たちがざわりとなるが、当の青緒は扇子で口元を隠しながら可笑しそうにくつくつと笑った。

『地上は混乱状態じゃ。陸が水没を逃れる術は恐らく、ない。二〇〇年前のあのときのように、世界は海に呑まれるじゃろう。

〈庭園〉はじめ各校は、結界を固めて津波に備える。あとは可逆討滅期間のうちに、ぬしらが〈リヴァイアサン〉を倒すことを祈るのみじゃ』

滅亡因子はその名の通り、『世界を滅ぼしうる存在』の総称。その出現は程度の差こそあれ、世界に何らかの爪痕を残す。

しかしながら、滅亡因子の出現と同時に、世界のシステムはその状態を保存する。そして可逆討滅期間のうちにその滅亡因子を討伐することができたならば、その滅亡因子によってもたらされた被害は『なかったこと』になるのだ。

だからこそ、如何に敵が強大とはいえ、無色たちのやるべきことは明快であった。

──可逆討滅期間のうちに、どんなことをしてでも、〈リヴァイアサン〉を倒す。

逆に言えばそれができなければ、世界は海の底に沈んだ状態を、『結果』として記録することになるだろう。

「──任せてくれ。わたしがいる限り、世界を好きにはさせないさ」

エルルカの言葉に応えるように無色が言うと、作戦本部の職員たちが『おお……っ』と色めき立った。

それを受けてか、青緒が自嘲気味に肩をすくめる。

「……ふふ、頼もしいわね。でも、実際助かったわ。偶然とはいえ彩禍さんがここにいてくれて。

完全な状態ではないとはいえ、相手は神話級滅亡因子。生半可な魔術師が何人いても相手にさえならないでしょう。

今ここにいる魔術師の中で、彼の異形を倒せる可能性があるのは――そうね、二人というところかしら」

その言葉に、無色は小さく首を傾げた。彼女の言うことが理解できなかったわけではないが、わざわざそんなことを改めて表明する意味が今ひとつわからなかったのだ。

「わたしと、君の二人――ということだろう？」

無色が言うと、同意を示すように瑠璃や風紀委員、職員たちが小さくうなずいた。それはそうだ。何しろ二〇〇年前、完全な姿で現れた〈リヴァイアサン〉を倒したのが、彩禍と青緒という話だったのである。

が、それに賛同しない者が二人、いた。――黒衣と青緒だ。黒衣は静かに目を伏せ、青緒はからからと笑っていた。

「冗談はやめてちょうだい。それとも、彩禍さんなりに気を遣ってくれたのかしら？　十全に力を振るえるならともかく、この死にかけの身体では、足手纏いもいいところよ」

言われて、無色は小さく目を見開いた。彼女の言うこともっともである。だからこそ青緒は新たな身体に転移しようとしていたのだ。理由はどうあれ転移を阻止した無色がそれを言うのは、質（たち）の悪い冗談と取られてもおかしくはなかった。

しかし、だとするならば、もう一人は――

「あなたよ、瑠璃」

青緒は、扇子を閉じて瑠璃に向けた。

「……っ、私、ですか？」

名を呼ばれた瑠璃が、驚いたように自分を指す。

「ええ。きっとあなたなら、我々の仇敵（きゅうてき）を誅（ちゅう）することができる。あなたに――託してもいいかしら」

「――――」

青緒の言葉に、瑠璃は目を丸くしたが――

「……はい。やってみせます」

やがて、こくりと首を前に倒した。

青緒が、満足げにうなずく。

「よろしい。ではみんな、持ち場に着いてちょうだい。全校生徒に通達。これより本学は第一種戦闘配置に移行する。

目標は神話級滅亡因子〈リヴァイアサン〉。母なる海を侵す不届き者に、鉄槌を下してあげましょう。

──〈虚の方舟〉、発進よ」

◇

『──全校生徒に通達します。これより本学は、第一種戦闘配置に移行します。各自安全確保の上、所定の位置に着いてください。これより本学は、第一種戦闘配置に移行します。各自安全確保の上繰り返します。

──』

〈虚の方舟〉内に、けたたましい放送が響き渡る。

それを受けて、地上に残っていた生徒たちが、慌ただしく地下施設に退避していった。

ほどなくして、地上に誰の姿も見えなくなる。

するとそれを見届けたのち、街は、その姿を変えていった。

道に沿って立ち並んでいた商店や街灯が、次々と地面の中に格納されていき、強固な隔壁によって塞がれる。次いで地面に亀裂が入り、低い駆動音を伴ってその形が組み変わっていった。

やがて見慣れた街並みは、中央学舎の天守を頂く城郭の如き様相へと変貌を遂げる。

「——凄(すご)いな、これは」

「ええ……〈虚の方舟〉、強襲潜航形態——噂(うわさ)には聞いていましたが、実際目にするのは初めてです」

中央学舎の屋根の上に立ってそんな光景を眺めながら、無色と瑠璃は感慨深げに言葉を交わしていた。

瑠璃の声には、ほんの僅かではあるが緊張と動揺が滲(にじ)んでいるように思われた。ふっと頬を緩めながらそちらに目をやる。

「——怖いかい？」

「……ええ、少し」

誤魔化すでもなく、瑠璃が答えてきた。

「……あのときはやってみせると答えるしかありませんでしたが、正直、本当に私にできるのかどうか、不安がないといえば嘘(うそ)になります」

言って、微かに震える手を握る。

しかし無理もあるまい。相手が神話級滅亡因子であるということだけではない。——青緒の『託す』という言葉はきっと、もっと大きな意味をも内包しているに違いなかった。

「君ならできるさ、きっと」

「そう……でしょうか」

瑠璃は不安げに言うと、おずおずと言葉を続けてきた。

「それに、もう一つ……」

「もう一つ？」

「今話しているのが、魔女様なのか無色なのか曖昧なのも怖いです」

「…………」

瑠璃の言葉に、無色はたらりと汗を滲ませた。

……まあ、彼女にとってはもっともな話ではある。青緒の、そして〈リヴァイアサン〉の出現によって水入りになっていたのだが、当然瑠璃は忘れていないようだった。

「いつから。一体いつからでしょう。私魔女様に、無色についてだいぶ色々話してしまったような気がするのですが」

「……まあ、なんだ。全て終わったらちゃんと説明をするから」

「はい。承知しています。ただ、一つお願いが」

「なんだい？」

「ご説明いただくときは、是非魔女様のお姿でお願いしたく」

「ほう、なぜかな」

「魔女様のお姿ならば、私もまだ少しは自制心が働くと思いますので」

「…………善処しよう」

無色はどうにか声が震えないようにしながら返した。

聞きようによっては軽口に聞こえないこともなかったのだけれど、焦点の定まらない瑠璃の目が、微かに震える指先が、「お願い……私を殺人者にさせないで……」と訴えかけているように見えてならなかったのである。

と——

「どうやら、準備はできているようですね」

そこで後方からそんな声が響いてきて、無色と瑠璃は同時に振り返った。

するとそこに、黒衣がいることがわかる。

「黒衣——？」

「……って、なんでこんなところに⁉」

瑠璃が素っ頓狂な声を上げる。だがそれも当然だ。何しろこれから〈方舟〉は航行を開始する。無色と瑠璃以外の人員は、全て地下に退避しているはずだったのだ。

しかし黒衣は気にした様子もなく、淡々と言葉を続けてきた。

「――一つ、提言をしに参りました」

「提言……？」

「はい。――彩禍様は、〈リヴァイアサン〉を倒してはいけません」

『……は？』

黒衣の言葉に、無色と瑠璃は不思議そうに目を見合わせた。


「――第一種戦闘配置、整いました！」

「〈虚の方舟〉、強襲潜航形態、変形完了！」

「いつでもいけます！　ご指示を！」

〈方舟〉作戦本部に、職員及び風紀委員の声が飛び交う。

形式上作戦本部と呼ばれているものの、〈方舟〉のそれは他の魔術師養成機関のものとは様相がだいぶ異なった。

部屋の中央に席が設えられ、外縁に沿うように並んだ幾つものモニタに、それぞれに職員が着いている。まるで戦艦の艦橋を思わせる光景であった。

それもそのはず。〈方舟〉は大海を回遊する移動式要塞都市。この作戦本部は、司令室であると同時に操舵室としての機能も備えていたのである。

「よろしい。本学はこれより、神話級滅亡因子〈リヴァイアサン〉の討伐に向かうわ」

脇息にもたれかかるような姿勢を取りながら、青緒は声を発した。

呼吸の度に肺が痛み、気を抜くと咳き込みそうになってしまうが、どうにか気力でそれを抑え付ける。——今から仇敵たる神話級滅亡因子を倒しにいこうというのに、大将格が血を吐きながら指示を発していては、現場の士気に影響が大きすぎるだろう。

「——準備はいい？　彩禍さん、瑠璃」

メインモニタを見上げながら青緒が言うと、通信機から二人の声が聞こえてきた。

『ああ——うん』

『大丈夫……だと……思います』

「…………？」

その声がなぜか狼狽に彩られていたものだから、青緒は思わず首を傾げてしまった。

「どうしたの？　何か問題が？」

『いや——そういうわけではないよ。問題ない。久遠崎彩禍に不可能はない』

『そ、そうですよ。きっと大丈夫です』

「なんだか自分に言い聞かせるように言ってない……？」

『そんなそんな』

『まさかまさか』

「…………」

二人の反応が気にかからないといえば嘘にはなったが、学園長が狼狽する姿を皆に見せるわけにもいかない。青緒は気を取り直すように深呼吸をし、改めて指令を発した。

「――じゃあ、行くわよ。〈虚の方舟〉、浮上！」

『了解！』

本部に、応答の声が響き渡った。

〈クラーケン〉に張り付かれたときよりも大きく。

〈リヴァイアサン〉が現れたときよりも激しく。

〈方舟〉が、揺れる。

だが、それも当然といえば当然ではあった。

何しろ今〈方舟〉は、外部から揺さぶられているのではなく、自身の意思で海底から動こうとしていたのである。

しかし無色と瑠璃は、そんな凄まじい震動の中、別のことに意識を向けていた。

「……あの、魔女様。私まだ、今ひとつよくわかってないんですけど」

「うん」

「……黒衣、もしかしてとんでもないこと言ってきたんじゃ……」

頬に汗を垂らしながら瑠璃が言ってくる。無色は緊張が顔に出ないよう注意しながら首肯した。

「ああ。だが――もしも本当にそんなことが可能だとしたら、やるしかない」

「……、ですが、魔女様――」

無色の言葉に、瑠璃は逡巡するように唇を噛んだ。

と、そのときであった。今まで〈方舟〉が鎮座していた海底に砂が舞い上がり、辺りを霧か霞の如く覆ったのは。

そして、それを振り払い、突き抜けるように――

〈方舟〉は海面目がけて、一気に浮上していった。

「…………！」

都市部の上空を覆う分厚い空気の壁が、魚群や漂流物、そして無造作にのたくった〈リヴァイアサン〉の身体を避け、あるいは押し退けながら、その高度を上げていく。

やがて〈方舟〉は、暗い海底から海の上へと到達した。

とはいえ、空気の壁越しに見るその光景は、字面から感じ取れるほど優雅なものではなかった。

滅亡因子出現の影響なのか、単なる偶然の重なりなのか、日の落ちた空をさらに黒色の雲が覆い、激しい嵐が吹き荒れている。それだけでも海は大荒れだというのに、〈リヴァイアサン〉がその長い身体で身じろぎするたび、海面は大きく波打ち、周囲を地獄のような様相に変えた。

如何に巨大な〈方舟〉とはいえ、果てしなく広がる大洋の前では木の葉の如き浮舟に過ぎない。海面に出た途端、さらなる揺れが無色たちを襲う。

しかし当然のことながら、悠長に身体を慣らしている余裕も、心の準備をしているような猶予もありはしなかった。すぐに、耳に装着した通信機に、青緒の声が響いてくる。

『相手は〈リヴァイアサン〉。的は嫌になるくらい大きいけれど、身体をいくら突いたところで意味はないわ。

――狙うは頭部。飛ばすわよ。振り落とされないようになさい』

無色たちの応答を待つこともなく、〈方舟〉の外縁部が魔力の光を帯び――航行を開始した。先ほどまでとはまた別種の震動と圧力が、無色たちに降りかかる。

その巨大な船体からは考えられないようなスピードで、〈方舟〉が荒れ狂う海の上を猛進していく。

が──

【────────────────────‼】

次の瞬間、遠雷のような轟音が、空気を震わせた。

「この音は──」

「〈リヴァイアサン〉の声──ですね。もしかしたら、こちらの存在に気づいたのかもしれません」

無色の言葉に、瑠璃が顔をしかめながら答えてくる。

すると、まるでその言葉を証明するかのように、〈方舟〉の前方の海が大きく撓んだかと思うと、空中に幾つもの『球』を形成した。

そしてその『球』は、渦を巻くようにその表面を波打たせると──

〈方舟〉目がけて、光線の如く圧縮された水を放ってきた。

「く──」

鋭い水閃（すいせん）が〈方舟〉の空気の壁を掠（かす）め、海面へと吸い込まれる。瞬間、まるで爆弾が至近距離で爆発したかのような衝撃が無色たちを襲った。

しかし、それだけでは終わらない。無数の『球』が一斉に水閃を放ってきたのである。

数え切れないほどの殺意が、形を持って襲い来る。

〈方舟〉は、その上に乗る者のことを微塵（みじん）も考慮しないかのような駆動で以（もっ）てそれを避けていったが――やがて限界が訪れた。

進行方向の真正面に『球』が生じたかと思うと、息つく間もなく水閃が放たれたのである。

「な……！」

余波でさえ凄まじい衝撃をもたらす一撃が、〈方舟〉を覆う空気の壁に炸裂（さくれつ）する。無色は来る衝撃に備えて身を硬くした。

しかし、数瞬経（た）っても、予想されたような衝撃は訪れなかった。

天守を砕くかと思われた水閃は、輝きを帯びた空気の壁によって弾（はじ）かれ、後方へと消えていったのである。

「弾いた……！」

無色が驚愕（きょうがく）とともに喉を絞ると、通信機から青緒の声が聞こえてきた。

『いつ〈リヴァイアサン〉並みの脅威が表れてもいいように用意していた、全校生徒分の魔力を使った防壁よ。如何に神話級の攻撃といえど――』

「おおっ」

『――あと一回くらいは防げるわ』

「……意外とギリギリだったんだね」

無色の言葉に、青緒は少し不満げな声を返してきた。

『言ってくれるわねぇ。どれだけ大変かも知らないで。

それに――それだけあれば十分よ』

青緒の声が、笑みの色を帯びる。

するとそれに合わせるかのように、〈方舟〉の前方に、今までとは異なるモノが姿を現した。

海にのたくる長大なる骨体。果てさえ知れなかったその身体の先端部が、鎌首をもたげるようにして屹立していたのである。

「――――」

骨と、僅かな皮肉で構成された怪物の頭部は、予想に漏れず巨大な髑髏であった。蛇のような、竜のような形をした、錐状の面。表情のない骨格でありながら、どこか禍々しい印象を覚えさせる威容である。

しかし最も特徴的であったのは、その額であった。

そう。竜の如き頭骨の額から、人間の上半身を思わせる骨が生えていたのだ。——まあ、肩部から複数の腕が生えた、巨大なシルエットを『人間』と呼称するのであればの話ではあったが。

「あれが——」

「——〈リヴァイアサン〉の、頭」

【————】

無色と瑠璃の声に呼応するかのように、〈リヴァイアサン〉が二つの口から吠え声を響かせる。

一体どの器官から音を発しているのかはわからなかったが、遥か遠くからでもはっきりと聞こえた大音声は、周囲の空気を痛いほどに震わせた。

〈リヴァイアサン〉は巨大な洞の如き目を無色たちに向けると、竜の口を大きく開けてきた。

するとそこに、今までとは比べものにならないくらい巨大な水の『球』が、渦を巻くように形成されていく。

先ほどの大きさであの威力である。もしもあれから放たれる水閃の直撃を食らったならひとたまりもないだろう。

しかし。

『――二〇〇年前と同じとは、芸がないわね……！』

通信機から青緒の声が響いたかと思うと、次の瞬間、〈方舟〉がこれまでにないほど濃密な魔力を帯び――

「……っ！」

――海面から空中に飛び立つと、竜の口に自らを喰わせるかのように突撃した。

凄まじい衝撃と轟音を伴って、形成されつつあった『球』が、竜の口の中で弾ける。

如何に巨大な〈リヴァイアサン〉の口とはいえ、都市一つ分の質量を飲み込めるはずはない。〈方舟〉に下顎の骨を砕かれた竜の頭部は、そのまま重さに耐えられずに海面に叩きつけられた。

『今よ、彩禍さん！　瑠璃！　目に物見せてあげなさい』

激しい震動の中、青緒の叫びが耳にこだまする。

「──行くよ、瑠璃」

「は……はいっ！」

無色は瑠璃とともに屋根を蹴り、空へと舞った。

無色と瑠璃の頭部にそれぞれ三画の界紋(かいもん)が展開し、その手と身体に、第二・第三顕現が現れる。

無色は空を滑るように移動し、〈リヴァイアサン〉の頭上に至ると、第二顕現の杖(つえ)を天高く掲げた。

「──【未観測の箱庭(ステラリウム)】！」

瞬間、杖が極彩色(ごくさいしき)の輝きを帯びる。

そしてそれに呼応するように、眼下に広がっていた荒れ狂う大海や、空に広がる黒雲が、どくんと脈動した。

水が、霧が、雷が。無色の意思に従って、〈リヴァイアサン〉の巨体を拘束し、切り裂き、刺し貫く。

この場に広がる景色の全てが、無色の味方となったかのような様相。〈リヴァイアサン〉が苦しげに身を捩(よじ)り、咆哮(ほうこう)を上げた。

けれど、完全な状態でないとはいえ相手は神話級滅亡因子。そしてこの復活が喰良の手によるものだとしたならば、この程度の傷はたちどころに再生してしまうに違いない。恐らく、数瞬の間動きを止めるのがせいぜいだ。

だが、それで構わなかった。それこそが、無色の狙いだった。

何しろ無色は――〈リヴァイアサン〉を倒してはいけなかったのだから。

「は――っ！」

無色は再び【未観測の箱庭（ステラリウム）】を掲げると、海水を操り、ベールの如（ごと）く辺りに張り巡らせた。

――まるで、己の姿を覆い隠すかのように。

「――状況は!?」

〈虚の方舟〉司令室で、青緒は声を上げた。するとすぐに、職員や風紀委員たちが応じてくる。

「防壁強度、現在三〇パーセント！　離脱準備に入ります！」

「久遠崎学園長と瑠璃様は第二、第三顕現を展開！　交戦中！」

「〈リヴァイアサン〉、学園長の術式により拘束――いけます！」

矢継ぎ早にもたらされる報告に、青緒は拳を握った。

メインモニタには今、〈方舟〉の突貫と、彩禍の【未観測の箱庭】によって自由を奪われた〈リヴァイアサン〉の姿が映し出されている。

ここまでは順調だ。あとは彩禍と瑠璃が、〈リヴァイアサン〉を仕留めてくれれば——

「——え？」

が、そこで青緒は、メインモニタを見ながら思わず目を丸くした。

しかしそれも当然だ。何しろ、彩禍の展開した水のベールが消え去ったかと思うと、

『…………っ！』

そこから、玖珂無色が姿を現したからだ。

まるで、手品でも見せられているかのような心地になって、青緒は呆然と声を漏らした。

「な……、なんで無色がそこにいるのよ——っ⁉」

「————」

水のベールの中で本来の姿に戻った無色は、重力に任せて空から落ちていた。

彩禍の身体でなくなった無色は、第三顕現はおろか、飛行魔術さえ使えないのである。

この結果は必然ではあった。

けれど、今はこれこそが、必要なことだったのだ。

無色は飛びそうになる意識を強く保ちながら、先ほどの黒衣の『提言』を思い返した。


「──現状の作戦は、簡単に言えば、〈リヴァイアサン〉に接近したのち、彩禍様と瑠璃さんの両翼で以てこれを撃破する──というものです」

「そうだね。まさか、それでは〈リヴァイアサン〉を倒しきれない、と？」

「いえ。無論戦いは水物ですので断言はできませんが、彩禍様と瑠璃さんのお二人ならばきっと、彼の化生を打ち倒してくれると信じています。

ですがそれでは、〈リヴァイアサン〉を倒すことしかできません」

「……？　わからないわね。それになんの問題があるの？」

不思議そうな顔を作る瑠璃に、黒衣は続けた。

「確かに〈リヴァイアサン〉を倒しさえすれば、世界は救われます。海に呑まれた大地も、元に戻るでしょう。

──ですが、滅亡因子を観測することのできる魔術師が受けた影響は、滅亡因子を倒しても元には戻りません。

呪毒を受けた青緒さんの身体は間もなく限界を迎え、その血を色濃く継いだ瑠璃さんもまた、あと一〇年ほどで死に至るでしょう」

「それ、は――」

言われて、瑠璃は言葉を詰まらせた。

それはそうだろう。別に忘れていたわけではないだろうが、改めてその事実を突きつけられて、平静を保てるはずもない。

しかし無色は、黒衣の言葉の裏に潜む、一つの可能性を感じ取っていた。

「……まさか、青緒の呪毒をどうにかできる方法がある――というのかい？」

そう。黒衣は言った。提言をしにきた、と。

黒衣は、小さく首を前に倒した。

「多大なリスクを負う上、あくまで、僅かな可能性――という程度ではありますが」

そして、鋭く目を細めながら、続ける。

「〈リヴァイアサン〉の呪毒は、毒という名で呼ばれるものの、有害物質や化合物というよりも、魔術の術式に近いものなのです。必然、解毒剤などは存在せず、解呪するためには使用者に術を解かせる他ない。――けれど、〈リヴァイアサン〉は二〇〇年前、術を施した状態のまま滅ぼされました。死後もその呪いは残り続け、青緒さんを苦しめるに至ります。

——鴇嶋喰良が如何な目的のもと〈リヴァイアサン〉を蘇生させたのかはわかりませんが、これは千載一遇の好機なのです。解けるはずのなかった永劫の毒を消し去ることができるかもしれない、奇跡的な瞬間なのです」

淡々と、しかし熱っぽく訴えかける黒衣に、瑠璃は気圧されるように身を反らした。

「で、でも、呪いを解くって、一体どうすればいいのよ」

すると黒衣は、その質問をこそ待っていたと言わんばかりに、無色に目を向けてきた。

「——お忘れですか、瑠璃さん。わたしたちは目にしているはずです。

顕現体を——魔術を打ち砕く力を」

そう。無色の第二顕現である、色のない剣。

未だその術式の正体は知れないが、一つ確かなのは、それが対した相手の顕現体を消し去っている、ということだった。

無色は目を伏せ、意識を集中させた。

——無色は魔術師になってから日が浅い。彩禍の身体によって魔術の一端に触れたことにより、自らも魔術が使えるようになった無色ではあったけれど、まだまだ自由自在に力を使いこなせるレベルではなかった。

無色が第二顕現を発現させるためには、強い強い感情が必要だったのだ。

——たとえば、彩禍。彼女のことを思うだけで、無色の胸は高鳴り、抑えようのない情動が心を突き動かす。その強い衝動が、魔術の発現には不可欠だった。

「…………」

けれど。

このときはもう一つ、無色の心に浮かんだものがあった。——瑠璃だ。

瑠璃を助けるために、剣を振るうことができる。

何をしてでも、瑠璃を死の運命から救ってみせる。

その情動は、激しく、強く、無色の心を燃え上がらせた。

「第二顕現——」

無色の頭部に、二画の界紋が現れる。

左右から折り重なったそれは、あたかも歪(いびつ)な王冠のように見えた。

「——【零至剣(ホロウ・エッジ)】……ッ！」

その呼び声とともに。

無色の手の中に、硝子のように透き通った一振りの剣が出現する。

その瞬間にはもう、無色の身体は〈リヴァイアサン〉の頭部に肉薄していた。

「――瑠璃は、お兄ちゃんが、絶対助けるから」

無色は両手で【零至剣】を構えると――

「おおおおおおおおおおおおおおおおおお――――ッ！」

〈リヴァイアサン〉の額に、その切っ先を突き立てた。


「…………！」

胸元に生じた灼けるような痛みに、瑠璃は思わず顔をしかめた。

甲冑の脇から指を差し入れて、患部に触れ――小さく息を詰まらせる。

先ほどまで肌に深々と刻まれていた刻印が、影も形もなくなっていたのである。

「――兄様――！」

瑠璃は我に返るようにハッと肩を震わせると、空を蹴るように足を縮めた。――今の無色は自分で空を飛ぶことさえできないのだ。このままでは海に落下してしまうだろう。

が、次の瞬間、〈リヴァイアサン〉の頭部から落ちていく無色の足元に、青い炎の鳥が現れ、その身を抱き留めた。

——間違いない。青緒の第二顕現だ。

するとそれを示すように、耳に装着した通信機から、青緒の声が聞こえてきた。

『……瑠璃、一体何がどうなっているの？』

そして、困惑するように続けてくる。

『なんで突然無色が？　彩禍さんはどこへ行ったの？

なぜ——呪毒の刻印が消えているの？』

「……私に言われたってわかりませんよ、そんなこと」

青緒の言葉に、瑠璃はため息交じりに返した。——実際、無色と彩禍がどういう関係にあるのかについてはまだろくに説明を受けていなかったし、無色の第二顕現についても、わからないことだらけだった。

「ただ……一つだけ、確かなことがあります」

『……何？』

「——魔女様と兄様は、やっぱり最高だってことです」

瑠璃は目に滲(にじ)んだ涙を力強く拭うと、〈リヴァイアサン〉に向き直った。

正直、神話級滅亡因子を相手取るのは不安であったし、青緒に託された役目を重荷に感じないと言えば嘘になった。こうして最前線に立ってなお、完全には覚悟が決まっていなかったのかもしれない。

——けれど、それはつい先ほどまでの話だ。

眼下には、見事役目を果たし、青緒の第二顕現に助け出された無色の姿がある。

解呪に魔力を使い果たしてしまったのだろう。その手からは既に透明な剣が消え失せ、頭上に輝いていた界紋もなくなっていた。まさに満身創痍といった様相である。

特殊な術式を持つとはいえ、彼は魔術師としては初心者も初心者。実際飛行魔術さえまともに使えず、青緒の手助けがなければ海に落ちてしまっていただろう。

しかしそんな身でありながら、無色は強大な神話級滅亡因子に単身斬りかかってみせた。

他ならぬ、瑠璃のため。不夜城家にかけられた呪いを解くために。

嗚呼——状況こそ違えど、その背中は。

——幼い頃、瑠璃が憧れた姿そのものであった。

「ああ——」

瑠璃は、肺腑に満ちる感慨を、吐息と化して吐き出した。

無色が彩禍に変身し、彩禍が無色に変身するという、不可解極まる現象。正直未だ混乱しているし、意味がわからないとも思う。

けれど心のどこかで瑠璃は、それが他の誰かでなくてよかったという安堵のようなものを感じていた。

彩禍が道を作り——無色が手を引いてくれた。

瑠璃の敬愛する二人がここまでしてくれたというのに、いつまでも不安がっているわけにはいかないだろう。

彩禍に師事してよかった。

無色の妹でいられて——よかった。

ならばここからは、瑠璃の仕事だ。

呪毒は解かれたものの、〈リヴァイアサン〉は未だ健在。骨格標本の如き長い長い身体を、苦しげに蠢かせている。

もしも瑠璃がし損じたならば、彩禍の信頼も、青緒の覚悟も、無色の想いも、全ては無に帰す。そんなことは絶対にしてはならなかったし、絶対に許容できなかった。

けれど、なぜだろうか。

「はは——」

瑠璃の心には今、重圧も、気負いも、存在しなかったのである。

あるのはただ、極大の感動。そして身を突き動かす情熱。

瑠璃は、炎の如く身を焦がす情動のままに、片手で印を結んだ。

「——昼は終日(ひねもす)、夜は終夜(よもすがら)」

瑠璃の頭部を覆う、鬼の形相の如き三画の界紋。

それにもう一画、牙の如き形をした紋が加わった。

「——永劫来世(ようごうらいせ)に至る迄(まで)、闇の蔓延(はびこ)る暇(いとま)無し」

瑠璃の手にした薙刀(なぎなた)が、瑠璃の纏(まと)った甲冑が、揺らめく炎の輝きを帯びる。

それに呼応するように、眼下に広がる大海の海底が、青白い光を放ち始めた。

「——いざや御照覧あれ。常夜(とこよ)を祓(はら)う粦(おにび)の城郭！」

そして、瑠璃は喚(よ)ぶ。

己が有する、最大最強の術の名を。

「第四顕現——【千日常世不夜城(せんじつじょうせいねむらずのしろ)】！」

瞬間。

海を突き破るようにして、巨大な城郭が姿を現した。

「あ——」

炎の鳥の背に横たわりながら、無色は目の前に展開された光景を、呆然と眺めていた。

それは、何とも幻想的な有様ではあった。

壮麗なる天守が、花びらの如き火の粉を散らす青い篝火が、闇を裂くように煌々と輝きを放っている。夜の帳が降り、分厚い雲によって月明かりさえも閉ざされた海の景色が一瞬にして塗り替えられ、にわかに白夜の様相を帯びた。

海中を揺蕩っていた〈リヴァイアサン〉は、その城郭に突き上げられるかのように虚空にその身を晒していた。巨大な化生が、苦しげに悲鳴じみた声を上げ、身を捩る。

「瑠璃……！」

そこで、無色は思わず声を上げた。

理由は単純。瑠璃を囲うように、数え切れないほどの水の『球』が現れたからだ。

もしもあんな数の『球』から一斉に水閃が放たれたなら、如何に瑠璃でも全てを撃ち落とすことは困難だろう。

しかし——

「――大丈夫」

神々しい光に照らされた瑠璃は、悠然と微笑んでみせた。

「――――」

光の中、瑠璃は全能感に満たされていた。

第四顕現。現代魔術師の極致にして到達点である最強の術式。

確かに多大なるリスクはある。そうおいそれと使用できるような代物ではない。

けれどひとたびこれを発現させたなら――

「私に勝てるのなんて、魔女様以外存在しない――！」

瑠璃は全身に漲る力を御するように、叫びを上げた。

瞬間、〈リヴァイアサン〉が空間中に出現させた水の『球』が、一斉に水閃を放ってくる。

その数、一〇〇や二〇〇では利くまい。さしもの瑠璃とて、【燐煌刃】にて全てを払い落とすことは叶わなかった。

しかし、今の瑠璃には、そんな所作さえ必要なかった。

——水閃が、四方八方から瑠璃の身体を貫く。

だが。

「ふ———」

瑠璃は、全ての攻撃を無防備に受けながら、不敵に唇の端を上げてみせた。

一撃一撃が必殺の威力を誇る水閃で全身を貫かれながらも、その身体には一切の傷が見受けられない。

それもそのはず。これこそが、瑠璃の第四顕現だったのだから。

【千日常世不夜城】を展開している間、その中に擁されたあらゆるものは、瑠璃の意思によって自由に状態を固定することができる。

つまりはこの第四顕現を使用している間——瑠璃は如何な攻撃を受けようとも、無傷の状態を保つことが可能だったのである。

そして、『状態の固定』とは、それのみにとどまらない。

「——はあああああぁぁぁぁあっ！」

瑠璃は空を蹴ると、【燐煌刃】を振るって〈リヴァイアサン〉に斬り付けた。

一瞬にして長く伸びた青い光刃は、巨人の肩から生えていた腕を一本、容易く両断した。

耳をつんざく〈リヴァイアサン〉の悲鳴が、辺りに響き渡る。

喰良の権能によって復活した〈リヴァイアサン〉。〈庭園〉図書館地下での例に当てはめるならば、喰良が術式を解かない限り、その身体は再生し続けるはずである。

けれど、切断された状態で『固定』された〈リヴァイアサン〉の腕は、再生することなく海に落下した。

否、それだけではない。

【燐煌刃】の刃によって斬り付けられた肩に、そして辺りに焚かれた篝火から散る火の粉を浴びた長い身体に、青い炎が灯る。

通常であれば一瞬で消え去るであろう頼りなげな火。

しかし今、それは永劫に消えぬ炎となって、〈リヴァイアサン〉の身体を包み込んでいった。

無論、この状態が続くのは、瑠璃の魔力が尽き、第四顕現が消え去るまでだ。

だが、この〈リヴァイアサン〉もまた、喰良の第四顕現にて不完全に復活したものであるはずだった。

「──我慢比べといこうじゃない、性悪女。どっちが執念深いか、教えてあげる」

瑠璃は、〈リヴァイアサン〉の身体を灼く炎の光を全身に浴びながら、凄絶な笑みを浮かべた。

【――――――――――――――――――――――――――!】

――やがて、〈リヴァイアサン〉が凄まじい断末魔の声を上げ、その身を海に横たえる。

瑠璃の炎は海中であっても消えることなく燃え続け――ついにはその身体を、完全に消滅させた。

「……見たか、ばーか」

瑠璃はそれを見届けると、全ての顕現体を消し、ふらりと空から落ちていった。

海面に激突する途中、優しい手に抱き留められたような気もしたが――魔力を使い果たした瑠璃にはよくわからなかった。

# 終章　積年の想い重ねて今ここに

瑠璃は昔から、兄のことが大好きだった。

それは、いつも瑠璃に優しいからかもしれなかったし、瑠璃のことを可愛いと言ってくれるからかもしれなかった。一緒に買い物に行ったときは重い荷物を持ってくれたし、お菓子は必ず少し大きい方を瑠璃にくれた。

物心ついたときから側にいて、いつも瑠璃を気にかけてくれる、優しい兄様。

瑠璃は彼のことが大好きだった。

気づいたときにはもうそうだった。彼がいない世界など考えられなかった。

けれど、もし決定的な出来事があったとしたなら――

それはきっと、七年前のあのときのことだろう。

――覚えているのは、背中だった。

幼い瑠璃を守るように立った兄の、小さな、しかし大きな背中。

「兄……様——？」

瑠璃は、呆然とその背に声を掛けた。

一瞬それが、見慣れた兄の姿に見えなかったのだ。

理由は単純。幼い無色の頭上に、王冠のような光の紋様が輝いていたからだ。

不夜城という魔術師の家系に生まれた瑠璃と無色ではあったけれど、実を言えば幼少期、そこまで熱心に魔術師としての修練を積んだというわけではなかった。

母が本家に反目していたこともあって、暮らしていたのは本家のある〈方舟〉から離れた、所謂『外』の世界であったし、生活もほとんど普通の人間と変わらなかった。

普通の小学校に通い、普通の友だちと遊び、普通に食事をし——稀に母を訪ねて奇妙な客人が来たり、何らかの行事の折に関連施設を訪ねたりすることくらいはあったけれど、瑠璃と無色にとってそれは、盆と正月に里帰りするくらいの認識でしかなかった。

——けれどその日、瑠璃の世界は一変してしまった。

瑠璃たちの住んでいた場所に、滅亡因子が現れたのである。

滅亡因子。世界を滅ぼしうる存在の総称。

可逆討滅期間のうちにそれを打ち倒すことができれば、世界にその影響は記録されない。

だから、壊された家も、滅茶苦茶になった景色も、この敵を魔術師が倒してくれれば、もとに戻るはずだった。

しかし瑠璃は、力をほとんど使えないとはいえ、魔術師。つけられた傷が元に戻ることはなく、失った手足が生えることもない。

もしも死んでしまったなら——その命は、永劫蘇ることはないはずだった。

——だが。


「——うん。怪我はない？　瑠璃」

振り向いてそう言った無色の顔は、瑠璃のよく知る兄のものだった。

そう。いつもと何も変わらない、優しい笑顔。つい今し方、顕現体を発現させ、滅亡因子を打ち倒したとは思えないくらい、和やかな表情ではあった。

「……！　兄様、兄様——」

瑠璃は目に大粒の涙を浮かべると、無色に泣きすがった。

無色は静かに微笑むと、優しく瑠璃の頭を撫でてきた。

「大丈夫。瑠璃は絶対、お兄ちゃんが守るから——」

心地の良い感触が、瑠璃を縛っていた戦慄(せんりつ)を解きほぐしていく。瑠璃の心に安堵感が広がっていく。

けれど瑠璃は、「兄様」と繰り返しながら、無色の服を涙で濡らすことしかできなかった。

言いたいことはたくさんあるのに。

伝えなければならない気持ちは山ほどあるのに。

幼い瑠璃には、満足にそれを言葉にすることができなかったのだ。

今になってわかる。

ああ——きっとこのときだ。

瑠璃が、無色に恋をしたのは——

「……っ！」

そこで、目が覚めた。

むくりと起き上がり、辺りを見回す。

いてある。

広い和室だ。上等な畳が綺麗に敷き詰められ、その上にこれまた肌触りのよい布団が敷いてある。

間違いない。瑠璃が〈方舟〉で生活する際に宛がわれた部屋だ。

「あれ……私、どうしたんだっけ……」

しょぼしょぼした目を擦りながら、ぽつりと呟く。

寝起きにしては、やけに身体が重い。眠りに落ちる直前まで山道を全力疾走していたかのような疲労感が、ずんと全身にのしかかっていた。

少しずつ意識が覚醒していくに従い、ぼやけていた記憶が実像を帯びていく。

——そうだ。確か瑠璃は、本家に文句を言いにきて軟禁状態になってしまい、それを彩禍たちが助けに来てくれたのだ。その後、本家に連れて行かれた瑠璃は、青緒によって気を失わされ、次に意識を取り戻したのは——

「————あ」

かちり、と頭の中で記憶のピースがはまるかのような感覚。

「ああああああああああああああぁぁぁぁぁぁぁぁぁ————っ!?」

全てを思い出し、瑠璃は布団から跳ね起きた。

◇

——幾つもの風車が、カラカラと音を立てながら回っていた。

分厚い空気の壁に包まれた〈方舟〉の中にも風は吹く。空気が淀んでしまうのを防ぐため、都市の中を循環するよう、気流を作りだしているらしい。

「ここは——」

無色は辺りの景色を見回した。不夜城邸の裏手に広がるそこは、所謂墓地のような場所であるらしかった。幾つもの墓石が、整然と並んでいる。全てに生花が供えられ、合間に走る道に至るまで、掃除が行き届いていた。

「歴代当主の墓……といったら、語弊があるかしら。——〈リヴァイアサン〉の呪毒に侵されてから二〇〇年。私が乗り継ぎ続けてきた『不夜城青緒』の亡骸を弔った場所よ」

そう言ったのは青緒だった。介添え役の浅葱を従えながら、草履で砂利を踏みしめ、墓標に向き直る。

「手間を取らせてごめんなさいね。——まずこの子たちに報告しなきゃと思って」

「いえ、俺たちのことはお気になさらず」

無色が言うと、青緒は小さく微笑んだのち、静かに目を伏せ、しばしの間黙祷を捧げた。

そうしてからゆっくりと顔を上げて、自嘲気味に笑いながら振り向いてくる。

「……馬鹿みたいって笑う？　それとも、偽善だと蔑むかしら」

「そんなこと……ありません」

無色は頭を振りながら返した。それは実際、社交辞令ではなく本心から出た言葉であった。考え方としては彩禍に近い無色ではあったけれど、青緒の所作と表情に、贖罪の念と慈しみが滲んでいたのもまた、本当であったからだ。

すると青緒は遠い目をしながら息を吐いたのち、気を取り直すように続けてきた。

「――まずはお礼を。よく〈リヴァイアサン〉を倒してくれたわ」

「いえ。第一、あれを倒したのは瑠璃ですし」

「でも、呪毒を解いてくれたのは、あなたでしょう？」

言って、胸元に触れる。既に服は着替えており、血の跡は影も形も残ってはいなかった。

「……まさかあのときの子が、こんな成長を遂げて私の前に現れるとはね。――〈庭園〉所属ということは、彩禍さんが記憶処理を解いたということ？　でも、それにしたってよく瑠璃が、あなたが魔術師になることを認めたわね」

「記憶処理……？」

無色が訝しげに言うと、青緒は一瞬驚いたような顔をしたのち、肩をすくめた。

「まさか、そのままなの？　なら一体どうやって魔術師に？」

「それは、まあ、いろいろありまして」

事細かに説明するわけにもいかない。無色は曖昧に誤魔化した。

「言いたくないのなら深くは追及しないけれど。――でも、っていうことは、瑠璃は」

「……まだ認めてくれてません」

「ふ――っ、あはははは――」

無色の言葉に、青緒は可笑しそうに笑った。

「まあ、そうよねぇ。あのお兄ちゃん子が、どんな心境の変化だろうと思っていたから」

「え、ええと……」

無色が困惑の表情を作っていると、青緒がひらひらと手を振ってきた。

「ああ、ごめんなさい。一人で盛り上がってしまったわね。――もし気になるなら、彩禍さんにお願いして解いてもらいなさいな。

瑠璃は嫌がるかもしれないけれど、あのときとは状況が違うわ。〈ウロボロス〉にどんな目的があるのか知らないけれど、もし今回のように、かつて討伐したはずの神話級を復活させられるとするなら、戦力はいくらあっても足りないもの」

と、そこで何かを思い出したように目を瞬かせる。

「そういえば、彩禍さんは？　戦いの途中から姿が見えなくなっているようだけれど」

「……それは、その」

「ご安心を。すぐ近くで見守ってくださっています」

淡々とした調子で返したのは、無色の隣に控えていた黒衣(くろえ)だった。

ものすごく誤魔化すような表現だったが、実際のところ何も嘘(うそ)は言っていなかった。

青緒は「縁起でもないわねえ」と笑うと、またも思い出したように続けてきた。

「ああ、そうだ。瑠璃のことだけど――」

――と、その瞬間であった。

「――無色いいいいいいいいいいっ！　黒衣ぇぇぇぇぇぇぇぇぇぇぇっ！」

噂(うわさ)をすれば何とやら。瑠璃が、凄(すさ)まじい勢いで砂煙を巻き上げながら走ってきたかと思うと、右腕を無色の首に、左手を黒衣の首に回し、ガッ！　ガッ！　とホールドした。

「よぉぉぉぉやく見つけたわよぉぉぉ……！」

そして、目を血走らせながら喉を震わせてくる。その鬼気迫る様子に、無色は思わず頬に汗を垂らした。

「る、瑠璃……おはよう。よかった。目が覚めたんだね」

「え？　あ、うん。おはよう。……それはそれとして、私に何か言うことあるわよね？」

「……〈リヴァイアサン〉戦、格好良かったよ？」

「そ、それじゃなくて」

「……今日も可愛いよ？」

「そういうのでもなくて！」

瑠璃は頰を赤くしながら叫ぶと、無色の首に回した手に力を込めた。気管がギリギリと締め付けられる。ちょっと苦しかった。

「起きたばかりだっていうのに、元気ねぇ」

するとそれを見てか、青緒がくすくすと笑ってくる。

瑠璃はそこでようやく無色たちの前に青緒と浅葱がいることに気づいたらしい。無色と黒衣をホールドしたまま折り目正しく礼をした。

「……！　すみません当主様、ちょっとこの二人お借りします！」

「ええ、どうぞ。まだ幾つか話しておきたいことはあるけれど、瑠璃のあとでいいわ」

青緒はそう言うと、「ところで」と続けた。

「瑠璃の本命は、どっちなのかしら？」

「…………へ？」

面白がるような青緒の言葉に、瑠璃はキョトンと目を丸くした。

「やぁねぇ、だから、無色と彩禍さん、どっちが本命なのってことよ。〈リヴァイアサン〉の呪毒がなくなった以上、普通に結婚してくれて構わないわよ。まさか、婚礼の儀を中止させるためとはいえ、何の関係もない人を相手に選んだりはしないでしょう？　——ああ、安心して？　私、もともとそういうのには寛容な方だから。瑠璃の選んだ相手なら、文句をつけるつもりもないわ」

「な、な、な……」

瑠璃は顔を真っ赤に染めると——

「し……失礼しますっ！」

無色と黒衣を連れて、逃げるようにその場をあとにした。

その場に残された青緒と浅葱は、しばしの間キョトンとしていたが、

「——不夜城の未来は、随分と騒がしそうね？」

「そのようで」

やがてそう言って、どちらからともなく笑った。

「——さあ、約束通り説明してもらうわよ！」

半ば拉致するかのような調子で無色と黒衣を連れ去った瑠璃は、来賓用宿舎最上階の部屋に至るなり、ドアの前に仁王立ちしながらそう言った。

「……何の話だろう」

「……何の話でしょうか」

無色と黒衣は、視線を逸らしながら言った。

が、瑠璃は二人の頭をむんずと摑んだかと思うと、力任せに前方に向け直した。

「この期に及んでとぼけるんじゃないわよ。こっちは全部覚えてるんだから。……いろいろ気になることはあるけど、まずはあれよ」

瑠璃はそう言うと、無色をギロリと睨んできた。

「——無色、あんた魔女様に『なった』わよね。あれは一体どういうこと？　変身魔術なんてちゃちなものじゃない。あれは魔女様そのものだった」

「み、見間違いじゃ」

「私が魔女様を見間違えるとでも？」

説得力がすごかった。さすが久遠崎彩禍一級鑑定士（非公式）不夜城瑠璃。無色はその一言で、これ以上の言い訳は不可能と悟ってしまった。

「…………」

ちらと黒衣を見やる。

どうやら彼女も同意見だったらしい。そしてその上で、瑠璃にならこの秘密を明かしても構わないと判断したのだろう。しばしの思案ののち、小さくうなずいてくる。

「……わかった。話すよ」

無色は覚悟を決めると、瑠璃の目をまっすぐ見据えた。

と、そこでふと思い出す。

「そういえば瑠璃。説明は彩禍さんの姿でしてほしい……って言ってたっけ」

「ああ……そうね。魔女様が相手なら……抑えられるかも……しれない……」

などと、暴れたがる自分の腕を抑え込むかのように言う。……無色とて死にたくはないし、どうせこれから事情を説明せねばならないのだ。黒衣に目を向ける。

「わかったよ。——じゃあ黒衣、お願いします」

「かしこまりました」

言って、黒衣が無色の肩に手を置き、唇と唇を近づけていく。

「うっ、うわぁぁぁぁぁぁぁぁぁぁぁぁぁぁぁぁぁぁぁぁぁ————っ!?」

すると瑠璃が絶叫を上げながら、無色と黒衣の間に割って入り、二人を引き離した。

「な……っ、何してんの!? 何してんの!?」

そして、混乱した様子でそう言ってくる。

「何って……存在変換のための魔力供給だけど……」

「無色さんを彩禍様に変えるためには、必要不可欠な作業なのです。人工呼吸のようなものですのでご安心ください」

「ご安心できるかぁぁぁぁぁぁぁぁ――――ッ！」

瑠璃はバタバタと手足を暴れさせたあと、何かを思い出すようにハッと肩を揺らした。

「そ、そういえば……無色が魔女様に変わる前、私に……」

そして、ボンッ！　と顔を赤くすると、やがて覚悟を決めたように向き直ってくる。

「……わ、私！　私がやるから！」

「へっ？」

予想外の言葉に無色が目を丸くしていると、瑠璃は無色の肩をガッと摑んできた。

「え、ええと……」

「い、一回も二回も似たようなものでしょ！　いいから私に任せなさい！」

瑠璃は、もう自分でも何を言っているのかわからないといった調子で、目をぐるぐるさせながら言うと、意を決したように目を瞑り、少し背伸びをして――無色の唇に、ちゅっ、と軽く口づけてきた。――最近手慣れてきたのか、あごを固定してガッとくる黒衣とは、また違った感触だった。

「……ど、どう？　変わった？」

顔を真っ赤にした瑠璃が、恐る恐る目を開けてくる。

が、待てど暮らせど、無色の身体は彩禍に変わらない。瑠璃は表情を困惑の色に染めた。

「あ、あれ……？　変身しないじゃない」

瑠璃が不思議そうに言っていると、黒衣が一歩前に歩み出てきた。

「言い忘れていましたが、わたし以外から魔力供給をする際には、事前に無色さんの唇に術式を付与する必要があります」

「…………は？」

言われて、瑠璃はポカンと口を開けた。

「……じゃあ、今のは」

「魔力供給のための行為ではなく、ただのキスです」

「…………………………」

黒衣の言葉に、瑠璃は顔を真っ赤に染めたまま黙り込むと、無色の胸元に顔を埋めてきた。そしてそのまま手に力を入れ、襟首をぎゅうと締め付けてくる。

「る、瑠璃……」

そのただならぬ様子に身構える。だが――

「……あのときも、今回も……」

「え？」

次いで発された小さな声に、無色は目を丸くした。

「……ずっと言えなくてごめんなさい。

……あのとき、助けてくれて、ありがとう。

ずっと私に優しくしてくれて、ありがとう。

可愛いって言ってくれて、嬉しかった。

――大好きよ、兄様」

「瑠璃――」

無色が名を呼ぶと、瑠璃はバッと顔を上げた。その顔は未だ真っ赤で、目尻には涙さえ滲んでいたが、どこか吹っ切れたような表情をしていた。

「残念だったわね黒衣！　今の言葉には誤りがあるわ！」

「誤り、ですか」

黒衣の問いに、瑠璃は指を突きつけながら答えた。

「――ただのキスじゃなくて、大好きのキスよ」

# あとがき

お久しぶりです。橘公司です。

『王様のプロポーズ3　瑠璃の騎士』をお送りしました。いかがでしたでしょうか。お楽しみいただけたなら幸いです。『瑠璃の騎士』というサブタイトルは、『瑠璃色の騎士』とも『瑠璃を守る騎士』とも取れるのでなんか好きです。

というわけで『うまのポーズ』——じゃない、『王プロ』もついに3巻。表紙にも『3』の数字が、ちょっと予想外の姿で燦然と輝いております。まさか3巻にしてここまで攻めてくるとは思いませんでした。4巻以降どうなるのか興味が尽きません。

表紙は1巻から登場の不夜城瑠璃。ついに第三顕現をお披露目です。和＋メカニカルなデザインがあまりにも格好いい。公司と担当氏が久々に深夜まで熱論を交わした渾身の装束です。あんなに熱くなったのは、〈ヴァナルガンド〉の太股パーツを膨らませるか否かのとき以来だぜ。おかげでよきものに仕上がってくれたのではないかと思います。

さて今回も、様々な方のご尽力のおかげで本を出すことができました。

イラストレーターのつなこさん。ついに登場瑠璃の第三顕現の他、今回妙に新キャラが多くてすみません。いずれも素晴らしいお仕事でした。ヒルデガルドが妙に癖に刺さって抜けません。

デザイナーの草野(くさの)さん。今回の表紙も最高です。ピーキーな2巻を経てのこのスタイリッシュさがたまりません。瑠璃ちゃんカッコイー！

担当氏。今回もいろいろとお世話をおかけしました。なぜか『王プロ』は三冊連続で三三六ページ、あとがき二ページという構成になっていますが完全に偶然です。

編集部の方々、出版、流通、販売など、この本に関わってくださった全ての方々、そして今この本を手にとってくださっているあなたに、心よりの感謝を。

次は『王様のプロポーズ』4巻でお会いできれば幸いです。

二〇二二年八月　橘　公司

# 王様のプロポーズ3
## 瑠璃の騎士

令和4年9月20日　初版発行
令和5年4月30日　4版発行

著者——橘　公司

発行者——山下直久
発　行——株式会社KADOKAWA
〒102-8177
東京都千代田区富士見2-13-3
0570-002-301（ナビダイヤル）
印刷所——株式会社KADOKAWA
製本所——株式会社KADOKAWA



※定価はカバーに表示してあります。
●お問い合わせ
https://www.kadokawa.co.jp/（「お問い合わせ」へお進みください）
※内容によっては、お答えできない場合があります。
※サポートは日本国内のみとさせていただきます。
※Japanese text only

ISBN978-4-04-074686-9 C0193